Jenseits der Saison – Eine Identitätsgeschichte

AF284601

BODO KRÜGER

Jenseits der Saison – Eine Identitätsgeschichte

Bibliografische Information der Deutschen Nationalbibliothek: Die Deutsche Nationalbibliothek
verzeichnet diese Publikation in der Deutschen
Nationalbibliografie: detaillierte bibliografische
Daten sind im Internet über www.dnb.de abruf-
bar.

©2021 Bodo Krüger
Coverfoto: Bodo Krüger
Herstellung und Verlag
BoD – Books on Demand,
Norderstedt

ISBN 978-3-7534-0253-6

Die Fülle unserer Jahre ist siebzig
und ist Kraft uns beschieden, wir
kommen auf achtzig.
Die meisten von ihnen sind Plage
und vergebliche Mühe;
rasch enteilen sie, im Fluge sind
wir dahin.
Lehre uns zählen unsere Tage,
auf dass wir gelangen zu Weisheit
des Herzens.

(Psalm 90, 10+12)

Wer bin ich?
Fragt der Alte sich.
Bin ich nun Schatten oder Licht?
Bin ich der Strahl, der anderen scheint?
Oder noch Kind, das damals weint?
Ich bin das Eine und das Andere.
Und weiß, dass ich dazwischen wandere.

Arno Breslauer

Inhalt

Prolog

Er ging als Kind gern ins Kino. Mit sechs durfte er das nur in Begleitung. Ab zwölf wären es schon Filme gewesen, wo es vorkommen konnte, dass sich Leute küssten. Aber da lebte er nicht mehr bei seinen Eltern, sondern im Heim und da kam Kino für ihn überhaupt nicht mehr in Frage.

Er hatte Glück, dass seine Mutter auch fürs Kino schwärmte. Mit der konnte er gehen, wenn der Kahn in Berlin, Hamburg oder Duisburg festgemacht hatte. Sie war dann seine elterliche Begleitung, benahm sich aber wie eine Freundin, die mit ihm beim Filmegucken Spaß haben wollte.

Eines Tages sah er im Schaufenster eines Fotoladens einen grünen, nicht großen Blechkasten. Der schaute vorn wie eine etwas zu hoch geratene Taschenlampe aus. Ähnlich wie bei der, war da auch eine Öffnung für die Glühbirne, deren Strahl von einer 4,5 Volt starken Flachbatterie erzeugt wurde. An der Seite hatte dieser Apparat, der einer der ersten Filmprojektoren für Kinder war, eine Kurbel für den Weitertransport des kurzen Zelluloidstreifens mit Trickfilmfiguren, die auf diese Art und Weise für einen Moment lebendig wurden.

Duxinette wurde dieser Kasten genannt und kostete 12,50 Mark. Sein Vater war einfach weitergegangen. Schon ahnend, dass die Gefahr einer Geldausgabe bevorstand. Die Mutter aber war mit ihrem Jungen vor dem Ladenfenster stehen geblieben, weil der sich von dem Spielzeugprojektor nicht trennen konnte. Der Kleine zählte alle Vorteile dieses Gerätes für sein zukünftiges Glück auf. Dazwischen weinte und schluchzte er so laut, dass schon Passanten auf die Familie aufmerksam wurden. Aber der sparsame Vater ging einfach weiter. Und sagte mit der Pfeife zwischen den Zähnen: „Wenn der Junge nur mal was Vernünftiges machen würde." Damit meinte der Schiffer die Arbeit auf dem Kahn, die auch ein Kind nach seiner Meinung schon verrichten konnte. Der kleine Breslauer ergriff die Hand seiner Mutter. Beide trabten hinter dem wegstrebenden Familienvorstand her. „Ich will doch Kinomann werden", sagte das Schifferkind nur zu seiner Mutter. Denn es wusste ja, dass sie dafür viel Verständnis hatte.

Heiligabend lag eine Pappschachtel unter dem kleinen Tannenbaum im hinteren Teil der durch die Petroleumlampe verblakten Kajüte. Es war der Kinderprojektor. Dieses Geschenk hatte er nicht erwartet. „Danke Mama", vor allem Mama. Aber auch: „Danke Vater".

Zum sinnvollen Betreiben dieses Gerätes brauchte der kleine Kinomann Filmstreifen. Einen hatte man nur gekauft, das hatte er seinem sparsamen Vater zu verdanken. Es war das Märchen vom kleinen Muck, das von einem kleinwüchsigen Mann im Orient handelte, mit dem die Kinder ihren Schabernack trieben. Nach dem Tod seines Vaters zog er in die Welt, um das Glück zu suchen. Je nachdem, wie schnell oder langsam Arno die Kurbel drehte, bewegten sich die Figuren auf der hellgrauen Pappwand eines leeren Schuhkartons, den er in ein Miniaturkino verwandelt hatte. Die Duxinette wurde außerhalb an einem Ende aufgestellt, ein Loch für den Lichtstrahl in den Karton geschnitten, und Arno war nun fast ein richtiger Kinomann. Der schaute häufiger prüfend durch die Öffnung auf die imaginäre Leinwand und führte wieder und wieder den Film vom armen kleinen Muck auf, der sich nicht entmutigen ließ und schließlich im Leben doch Sieger blieb.

Aber dann dachte er an die Spielzeugfiguren aus der Wundertüte, vorwiegend Soldaten aus längst vergangenen Zeiten. Denen würde es doch sicher irgendwann langweilig werden bei dem immer gleichen Film. Und er hörte schweren Herzens mit den Vorführungen auf. Aber nicht ganz. Ohne Film blieb doch noch die durch den hellen Lichtstrahl angeleuchtete Kartonwand, die aussah, wie ein etwas schief geratener Bilderrahmen ohne Bild. Und der Junge füllte mit seiner Phantasie diese helle leere Fläche aus: mit Abenteuern und Träumen.

So griff er auch noch als alter Mann immer mal wieder zu irgendeinem „Filmstreifen" seiner Erinnerung, um Vergangenes hervorzuholen und anzuschauen. Mal erstaunt und nachdenklich, mal liebevoll und verstehend.

Die Projektionsfläche in diesem Buch bildet sein geliebtes Eiland. Ein Fleckchen Erde in der Nordsee, wo er einst glaubte, glücklich zu sein. Vielleicht, weil er Glück mit Jugend verwechselte, wo man die Liebe noch stark spüren konnte, weil man fast alles von ihr erwartete.

Nun kann sich die Tür zur Geschichte öffnen. Es ist eine größere Tür zum Gemeindehaus einer Kirche. Dahinter findet ein kleiner Festakt zur Verabschiedung eines Pastors statt.
Aber lassen wir Arno Breslauer selbst erzählen.

Verabschiedung

„Ich habe nie das bekommen, was ich gesucht habe. Eher verlor ich das Wesentliche, wie Hans im Glück.

Verlierer haben zu früh aufgegeben, abgegeben, beiseitegelegt. Sind vielleicht deshalb schnell vergessen. Aber sie sind frei und ledig. Hatten also auch Glück. Sie hätten schwer daran getragen. Sich vielleicht auch überhoben und einen Haltungsschaden bekommen, im übertragenen Sinne. Wie manche, die nicht rechtzeitig Amt und Würden abzulegen vermögen.

Heute war meine letzte Amtshandlung.

Nun bin ich Pastor im Ruhestand.

Ich habe eine ziemlich lange Ausbildung hinter mir. 13 Jahre mit Abi, Studium und beruflicher Vorbereitungszeit. Pastor zu werden, bedeutete mir viel. Für die Menschen da sein. Die Armen, Entrechteten, die Schwachen, Kranken und abseits Stehenden. Wie Albert Schweitzer. Und plötzlich bin ich Rentner oder im Beamtendeutsch Pensionär. Vorzeitig mit sechsundfünfzig.

Viele Leute waren gekommen. Liebe Menschen aus Nah und Fern. Vielleicht mehr aus Nah. Denn das Internationale habe ich nicht so gepflegt. Prominenz war trotzdem da. Aber wie gesagt nur aus dem Dorf und der näheren Umgebung. Propst, mehrere Bürgermeister, Kolleginnen und Kollegen aus den Nachbargemeinden. Der Kirchenchor sang „Nun danket alle Gott" und das Bachkollegium spielte einen Kantatenanfang.

Dann begann der Propst als Vorgesetzter seine Ansprache zu meiner Verabschiedung:

‚Lieber Bruder Breslauer!
Mit Ihrem Eintritt in den vorzeitigen Ruhestand aus gesundheitlichen Gründen erleben Sie wieder, was Ihre gesamte Lebens- und Berufserfahrung durchzieht: dass Ihr Lebensweg nicht in gewöhnlichen vorausschaubaren Bahnen verläuft. Sondern dass Sie immer wieder in Neues, Unbekanntes und Unvertrautes aufbrechen und auch aufbrechen mussten.'
Er zählte einige Stationen aus meinem Leben und Beruf auf. Dann sprach er von Verdiensten, die mir klein vorkamen und von Errungenschaften, die mir nicht der Rede wert erschienen. Deutete vorsichtig das an, was vielleicht an eigenwilliger Individualität und Kantigkeit erschwerend einem weiteren Aufstieg entgegengestanden hatte.
Er schloss: ‚Pastor Arno Breslauer hat sich um diese Kirchengemeinde Verdienste erworben. Möge er davon zehren in guten und schweren Zeiten. Wir werden ihn in Erinnerung behalten. '

Der Schluss erinnerte an eine Beerdigung. Der Nachfolger, ein junger Mann mit positiver Ausstrahlung und geschliffenen Kanten, lächelte freundlich die ganze Zeit. Oder war es überlegen?

Dann schlossen sich Statements der Zurückbleibenden an; auch von Leuten, die bei dieser Gelegenheit Impulsen ihrer eigenen Wichtigkeit nachgeben mussten.

Bald würde in der Kirche ein Konzert beginnen, und so verdrückten sich stillschweigend die Mitglieder der Kantorei und des Bachkollegiums. Kleinere Grüppchen blieben noch. Wünschten Glück und stellten weiteren Kontakt in Aussicht. Irgendwann wanderten auch die Blicke dieser Leute immer häufiger zur Garderobe.

Ich sah auch zu, dass ich wegkam, um nicht der Letzte zu sein, von dem man nachher sagen würde: ‚Der konnte ja gar keinen Abgang finden.'

Ankunft

Der Zug rollte zwischen den Wassern über den Damm. Das eine war mehr Watt, das andere eindeutig Meer. Es war Spätherbst. Die Sonne stand schon tief am Nachmittag und strahlte durch eine unentschlossene Wolkendecke, als wollte sie den Reisenden begrüßen, aber nur zaghaft.

Das Eiland bedeutete ihm viel. Das war am Anfang gar nicht so. Damals hatte er als jung verheirateter Student mit seiner Frau eine günstige Unterkunft gesucht. Er fand sie an der äußersten Nordspitze, wo die restlichen Häuser einer Marinekaserne in Privatbesitz übergegangen waren. Die neuen Besitzer vermieteten einfache Zimmer mit Frühstück. Was sich auf die Tagesmiete für die Gäste zwar positiv auswirkte, aber auch manche Nachteile mit sich brachte. Man wohnte unter dem Dach und bekam, obwohl es Sommer war, seine nass gewordenen Kleidungsstücke kaum trocken. Nachts schwitzte man unter einer zu dicken Bettdecke, was auch nicht angenehm war. Kurz, Breslauer war damals unzufrieden. Und es war für Frieda gar nicht so einfach, mit diesem notorischen Nörgler und Urlaubsmuffel zurechtzukommen. Doch später gewannen beide die Insel lieb. Zahlreiche Erinnerungen an Unternehmungen und Wanderungen, an gemeinsamem Austausch am Abend beim billigen Wein und einfachen Essen kamen dem nun allein Reisenden wieder in den Sinn. „Vielleicht ist da was Wahres dran", dachte er, „dass für manche Liebe Wachsen und Reifen notwendig ist."

Der Zug hatte das Eiland erreicht. Die Fenster auf der rechten Seite bildeten den Rahmen für die karge, aber durch Sehnsucht und Erfüllung vertraute Landschaft. Feldwege durch Wiesen mit wenigen Schafen wechselten sich mit vereinzelten reetgedeckten Häusern ab. Breslauer konnte es sich als früherer Pastor nicht verkneifen, nach dem rötlich schimmernden Turm der alten Seefahrerkirche Ausschau zu halten. Jedes Mal schien sie sich vor ihm zu verbergen, als wäre sie zu stolz, sich von einem gewöhnlichen Pastor, wie Breslauer entdecken zu lassen. Da war sie! Aber schon wurde sie wieder von Bäumen und Gebäuden verdeckt. Die linke Seite vermittelte eher einen praktischen Eindruck. Werbeschilder wiesen auf Restaurants und Firmen hin. An der Bahnstrecke gelegene Betriebe hatten auf ihren Höfen Fahrzeuge und Materialien abgestellt.
Der Zug rollte eine Weile gemächlich. Schließlich gab es einen Ruck, und er stand. Man war angekommen. Man war da!
Zuerst stiegen die Reisenden aus, die schon länger an der Tür gewartet hatten. Sie eilten mit leichtem Gepäck Angehörigen und Bekannten zur Begrüßung entgegen. Andere waren durch schwerere Gepäckstücke nicht ganz so spontan. Aber dann kam es auch bei ihnen zum Begrüßungszeremoniell.

Arno Breslauer kam seit längerer Zeit allein. Eigentlich schon viele Jahre, seit Frieda und er sich getrennt hatten. Johanna, seine jetzige Frau, mit der er bereits Silberne Hochzeit gefeiert hatte, zog andere Reiseziele diesem Eiland vor. Aber er hatte das Gefühl, dass sie ihn verstand, wenn er auf „seine" Insel wollte.

Er wurde hier zwar nicht erwartet, und trotzdem war er voller Erwartung. Er freute sich auf Lebendigkeit und „rauschende Feste". Diese Ereignisse würden sich allerdings nur in seinem Inneren abspielen. Das kleine Apartment, das er immer mal wieder für zwei Wochen bewohnte, würde er mit geistigem Leben erfüllen.

Das Betreten dieses Weges zu sich selbst war für ihn also mit diesem Ort verbunden. Wenn er sich manchmal wie ein Schiffbrüchiger treibend im Meer des Alltags fühlte, tat sich das rettende Eiland vor seinem geistigen Auge auf. Und er ergriff die Chance, dort wieder offen für das zu werden, was das Leben ihm mitteilen wollte. Deshalb reiste er gern in dieser Jahreszeit. In der Hauptsaison hätte er hier keine Ruhe gefunden, für sich und das sehr auf sich selbst bezogene Leben. Er verteidigte diese individuelle Lebensweise gegen das hektische Treiben anderer und ihren Lebensverschleiß.

Der Eintreffende hatte die aus der Kaiserzeit stammende Bahnhofshalle durchschritten. Nur ein

Zeitungsshop und ein größeres Bistro erinnerten daran, dass die Zeit nicht stehen geblieben war. Breslauer zog seinen überladenen Trolley über den gepflasterten Vorplatz. Reihte sich ein in den um diese Jahreszeit überschaubaren Strom der Ankommenden. Das Geratter ihres Gepäcktransportes war in Bahnhofsnähe erheblich, verlor sich aber auf der langen vom Tourismus geprägten Straße, die am Strand endete.

Die meisten Angekommenen schätzte Breslauer jünger ein. Obwohl sie wohl auch schon zu den Senioren gehörten. Nur ab und zu kamen ihm Hinfällige entgegen, mit unsicheren Schritten oder Gehwagen. Oder Fitness Vortäuschende mit Sportstöcken. „Die Leute können nicht alt werden" war sein Eindruck. Ein bisschen hatte er auch Angst, ein Greis zu werden. Er nahm wahr, dass es ihm immer schwerer fiel, seinen vollen Trolley fortzubewegen. Packte in jedem Jahr mehr hinein, worauf er meinte, nicht verzichten zu können. Die Marotten nahmen zu, auch oder gerade bei ihm. Sein Gang war langsamer und unsicherer geworden. Früher hatte er angenommen, dass seine Beine und Füße zum Gesundesten seines Körpers gehörten, wie seine Augen und sein Gehör. „Toi, toi, toi", entfuhr es ihm. Denn er dachte, dass es ihm erst gestern zu Hause vor dem Fernseher so vorkam, als würde er die immer schneller gesprochenen Sätze der Moderatoren der Wettersendung nicht mehr richtig verstehen. „Vielleicht brauche ich auch bald ein Hörgerät, wie so viele andere", waren seine Überlegungen. Und doch waren das Peanuts im Vergleich zu seiner Krebserkrankung und den Herzinfarkten.

Leute saßen vor den Lokalen. Einige sogar unter Wolldecken. Sie tranken Latte macchiato und rauchten. Breslauer strebte zügig dem Vermietungsbüro zu, wo er den Schlüssel für die kleine Ferienwohnung abholte. In dieser Querstraße waren zahlreiche Haus-und Wohnungsvermietungen zu finden. Es war das Vermieterviertel, wie es in südländischen Städten eine Straße der Goldschmiede und der Schlachter gab. Die Schlüsselübergabe ging schnell. Gebucht und bezahlt hatte Breslauer schon zu Hause über das Internet.

Die Wohnung hatte einen phantastischen Blick auf das Meer. Sie war praktisch eingerichtet. Schrankbetten, Tisch, Stühle, Fernseher, auf den Breslauer hätte verzichten können. Daneben gab es noch eine Sofaecke mit Tischchen. Kochnische und Duschbad waren ebenfalls vorhanden. Also, was wollte unser Gast mehr. Denn er war ja hergekommen, um sich geistig an ein paar Büchern zu erfreuen und den einen oder anderen Gedanken zu fassen. „Dazu reicht es hier allemal", sagte er sich resolut.

Der Blick in die Weite, und dass er bei jedem Wetter der Natur so nahe war, ließ ihn an griechische Eremiten denken, die in früher christlicher Zeit in

Felsenhöhlen über dem brausenden Meer gelebt hatten. Eng und hungernd. Sie hatten dem Getriebe der Welt entsagt und suchten nach Einsicht und Erkenntnis. Unter diesen lebensfeindlichen Bedingungen waren sie früh zu Greisen geworden. Sie gingen aufs Ganze. Soweit wollte es der Pastor im Ruhestand nicht treiben. Denn das Leben hatte auch unter krankheitsbedingten Einschränkungen für ihn noch seine Reize und schönen Seiten. Zum Beispiel faszinierte ihn dieser Blick auf das Meer, das sich auch noch hinter dem Horizont fortsetzte und erst irgendwo an der Ostküste Mittelenglands einen natürlichen Widerstand fand.

Er verstand nicht, warum die Menschen nicht schon früher auf den Gedanken gekommen waren, dass die Erde eine Kugel und keine Scheibe war. Aber man glaubte in allen Zeiten ja so vieles. In Ägypten meinte man, das Himmelsgewölbe lag über der flachen Erde wie eine riesige Kuh. Er fand die Vorstellung seltsam, unter dem Bauch einer Kuh zu leben und sich trotzdem an dem, was über ihm war, freuen zu können.

Der Sonnenball, der sich nun doch an diesem Novembertag durchgesetzt hatte, faszinierte ihn. Bald würde er im Meer versinken. Minutenlang genoss Breslauer diese wunderschöne Alltäglichkeit, die er selten so wahrnahm wie jetzt.

Er wollte noch einkaufen. Wenigstens ein paar Essenssachen für den Notfall und die Nächte, in denen er sicher lange wach liegen würde. Das wollte er gleich am Anfang erledigen, damit er es hinter sich hatte. Vorräte hatte er damals mit Frieda im Auto gehabt. Sie fanden es auf der Insel zu teuer. Das stimmte auch. Aber nun fuhr er ja kein Auto mehr wegen der Medikamente, die er einnehmen musste. Und im Trolley oder Rucksack hätte man nur wenige Dosen oder ganz schmale und leichte Dinge transportieren können.

Solange er die Insel kannte, gab es schon den kleinen Supermarkt an der Ecke, wo vorwiegend ältere Feriengäste einkauften. Dort bekam man fast alles, was man auch von zu Hause kannte. Die Sachen waren nicht billig. Aber die Erleichterung, in der Nähe seiner Ferienwohnung einkaufen zu können, war ihm die Sache wert. Außerdem konnte er sich dabei ein wenig als jemand fühlen, der hier zu Hause war. Breslauer liebte es, sich schon auszukennen, wenn er irgendwo neu ankam. Dabei machte er seit einigen Jahren gar keine längeren Reisen mehr. Eben wegen der Probleme mit der Krankheit. Seit der Prostata-OP und besonders nach den beiden Infarkten; auch wegen des unsicheren Gefühls mit dem Bauch-Katheter hatte er gern eine Klinik in der Nähe. Das Handikap mit der Krankheit war auch der Grund, warum er nicht zu einem günstigeren Supermarkt ging. Da gab es einige irgendwo in der Bahnhofsgegend oder in einem nahegelegenen anderen Ortsteil.

Brot, Margarine, etwas Wurst (in der Regel Salami oder grobe Teewurst einer bestimmten Firma), milden Käse und Orangenmarmelade, die er nur die Gelbe nannte. Dann Teebeutel, Klopapier und

Papiertaschentücher. Viel brauchte er nicht, aber auf jeden Fall noch stilles Mineralwasser.

Beim Auspacken seines Reisegepäcks ließ er sich Zeit. Es war für ihn ein Ritual. Das Zelebrieren der Inbesitznahme seines Urlaubsdomizils. Die Beutel seines Katheters - einen für jeden Tag - bekamen einen besonderen Platz. Der musste einigermaßen steril sein und sollte keinem anderen Zweck dienen. In der Nähe lagerte er auch das Verbandsmaterial. Sechs Jahre trug er nun schon dieses medizinische Hilfsmittel für das normalerweise natürliche Bedürfnis des Wasserlassens. Früher dachte er, das wäre die letzte Stufe seiner Erkrankung. Danach wären die Urologen mit ihrem Latein am Ende. Aber so war es bei ihm dann doch nicht. Die ganze Sache war nur ziemlich gewöhnungsbedürftig. Nach einer gewissen Zeit des damit leben Müssens, kam er zu der Erkenntnis: Der Mensch konnte sich an viel gewöhnen. Ob an alles, darüber mochte er kein Urteil fällen.
Immer wieder ließ er seinen Blick zum Fenster wandern. Er schaute auf das Meer. Die Nordsee lag ruhig da. So wie eine Frau, die ihren Liebhaber zur lustvollen Nacht erwartete. Die Bewegungen der schwachen Brandung hatten etwas Einladendes. Doch er wusste um das Wechselhafte und Wetterwendische dieser sich jetzt so harmlos gebenden Wasserfläche. Gewaltige Wellen mit Schaumkronen hatte er schon erlebt. Heulende Stürme, die alles, was an diesen so dicht an der

Küste stehenden Häusern nicht niet- und nagelfest war, zum Klappern und Umfallen brachten. An solchen Tagen jagte man keinen Hund raus. Wer unbedingt einkaufen musste oder außerhalb essen wollte, schlich sich an den Häuserwänden entlang. Sehr auf der Hut und immer gewärtig, dass etwas Schweres von den Dächern herunterfallen konnte. Auch an solchen Tagen hatte Breslauer lange am Fenster gestanden und den rasch sich verändernden Wolkengebilden zugesehen. Er genoss im Schutz dieses Zimmers das große Welttheater und spürte die leicht auszulöschende Kleinheit der eigenen Existenz. Deshalb empfand er auch Freude und Dankbarkeit, wenn er daran zurückdachte, wie ihn manches in dieser Schöpfung wiederum auch getragen und behütet hatte.

Er wusste noch, wo er früher gern am Abend gegessen hatte. Einige Lokale mit günstigen bis mittleren Preisen lagen in der Nähe. Es war noch früh. Doch würden sich bald die älteren Ehepaare auf den Weg machen, um nicht zu spät den Tag zu beschließen. „Also schnell, lieber Arno Breslauer, mache dich auf, denn dein Magen beginnt zu knurren. Du hast seit dem Morgen kaum etwas gegessen." Er sprach gern mit sich selbst. Aber hatte noch Grips genug, darüber zu lächeln.

An allein einkehrenden Gästen verdienten die Gaststättenbetreiber nicht so viel. Paare oder mehrere Leute brachten mehr Euro in die Kasse. Man hatte meistens auch Gründe einzukehren, feierte irgendwas: Ankunft am Urlaubsort, Geburtstag, Wiedersehen mit alten Bekannten.

Viele Männer tranken Bier, das konnte die Bedienung in der Regel voraussetzen. Die Frauen bevorzugten oft Schorle. Gewöhnlich bestellten bei Paaren die Männer. Dieser Brauch hatte sich über die 1968ger-Jahre erhalten. Hatte die Zeit des Aufräumens und Abrechnens mit altem Muff mumienhaft, ohne eines kritischen Gedankens für wert erachtet zu werden, überstanden. Breslauer war darüber erstaunt, sogar erschrocken, wenn er sich klarmachte, dass ein Teil dieser Männer die Mode und vielleicht die pseudo linke Einstellung dieser Zeit damals aktiv mitgemacht hatte. Dass sie mal Bärte trugen, die kaum Nase und Mund freiließen, schulterlange, oft fettige Haare hatten, zu Demos gegen alles Mögliche gingen und mit dieser und jener Frau gleichzeitig auf den Zwutsch.

Und nun 50 Jahre später sagten sie:

„Herr Ober, bringen Sie uns bitte mal die Karte." Dann schaute man lange hinein, flüsterte. Und der vielleicht korpulente Mann mit buntem Hemd und Cordweste, der unter der Wärme im Restaurant zu leiden begann, nannte seine Bestellung:

„Bitte ein Pils, ein Wiener Schnitzel mit Pommes und für meine Frau ebenfalls ein Schnitzel. Können wir das auch als Seniorenteller bekommen. Das ist ja gut. Und dann für meine Frau...was trinkst du?" Sie leise: „Eine Weinschorle." Er wiederholend und lauter zum Kellner: „Eine Weinschorle. Haben wir nun alles? Also ein Pils für

25

mich, eine Weinschorle für meine Frau. 2 x Schnitzel mit Pommes als Seniorenteller. Ist Salat dabei?" Kellner: „Ja, ein kleiner gemischter Salat." „Gut, dann haben wir alles."

Breslauer hatte bisher diese Regel kaum beherzigt, wenn er mit seiner Frau essen ging. Früher bei Frieda nicht und nun bei Johanna auch nicht. Jeder bestellte für sich. Das klappte jedenfalls besser, als wenn er sich die Gerichte aus der Speisekarte alle merken musste. Da hätte er sich nicht mehr entspannt seinem Essen und dem Rotwein zuwenden können. Nur das Bezahlen, das machte er gern selbst, wenn er mit seiner Frau ausging: „Ich möchte gern zahlen", rief er mit einer dezenten, aber gut hörbaren Stimme. Manche anderen Gäste schauten dann oftmals in seine Richtung. Wenn die Bedienung abkassierte, lächelte er sie entspannt an. Schaute auf den Kassenbon und überschlug die Beträge. Er gab angemessen Trinkgeld. Darin ließ er sich nicht lumpen.
Seine Bekannten gingen einige Kategorien besser essen. Das aber war für Breslauer als Alleineinkehrender eine Unmöglichkeit. Auf den Tellern wäre bei seinem gewaltigen Appetit zu wenig gewesen. Die als sehr gut angepriesenen Weine hätte er nicht so zu schätzen gewusst, wie sie es eigentlich verdient hätten. Und das Dessert kostete dort meistens so viel wie in einfacheren Lokalen ein Hauptgericht und war bald vergessen. Aber die Bekannten kamen noch durch etwas anderes auf

ihre Kosten. Sie zeigten dort gern Kennerschaft und Weltbürgertum: „Herr Ober, das Steak war zu lange gebraten, das Gemüse nicht gut gegart, die Beilagen lieblos angerichtet", und so weiter. Und wenn dann noch einer anfing in Smalltalk-Manier auszuholen und weitschweifig zu erzählen, bei welchen Reisen und auf welchen Erdteilen er besonders gut Steak gegessen hatte, zweifelte Breslauer den Erfolg dieses Abends an.

„Nein", dachte er. „Ich kehre lieber häufiger ein und bewerte die Mahlzeit und das Ambiente danach, was ich dabei an Gedanken und Gefühle habe. Ja, die eigenen, für mich wichtigen Gedanken, die sind es, auf die es mir in einem Restaurant ankommt."

Ein Abendessen

Breslauer ging nicht in jedes Lokal. Es musste gemütlich sein und zum Verweilen einladen. Er hatte einen kleinen Italiener in einer Seitenstraße im Visier, wo er früher schon mal gewesen war. „Hoffentlich gibst den noch", waren seine Gedanken, denn er war schon ziemlich hungrig.

Das Haus sah aus wie ein chinesischer Pavillon. Am Tag konnte man dort den Ausblick auf die doch ziemlich belebte Seitenstraße genießen und schaute sogar auf einen Teil der Kaiserstraße. Wenn es draußen dunkel war, sah man auf, von der Straßenbeleuchtung matt angestrahlte Bummler. Hier saß Breslauer, der Beobachter, wie in einer Theaterloge und betrachtete einen Ausschnitt des Lebens. Wobei er immer wieder schwankte zwischen der Welt draußen und der des Lokals mit ihrem eigenen Treiben.

Breslauer hatte einen Fensterplatz an einem Einzeltisch mit reichlich Abstand zu den anderen, die unbesetzt waren. Sie würden es wohl auch bleiben. Am Dienstag waren viele Gäste der vergangenen Woche schon abgereist.

Das Interieur erinnerte ihn an einen Trödelladen. Tische und Wandregale waren dunkel gehalten und verbreiteten eine Atmosphäre von Gediegenheit und unkomplizierter Rustikalität. Antike Uhren, von denen einige gedämpft tickten, standen in den Regalen und erinnerten an die vergehende Zeit. An den Wänden hingen Gemälde mit unterschiedlichen Motiven. Nicht nur Seestücke mit Schiffen, wie man sie gewöhnlich in Restaurants in der Nähe des Meeres antraf.

Es dauerte länger, bis sich jemand vom Personal blicken ließ. Doch langweilig wurde es dem beobachtenden Gast nicht. Er hatte in seinem Blickfeld einen Herrn im auffallend korrekten Bürodress. Dieser Mann befand sich im Gespräch mit einem anderen. Im Gegensatz zu dem vermeintlichen Vertreter der Wirtschaftsbranche trug der eine Hose mit Schottenmuster und dazu ein mehr oder weniger passendes Holzfällerhemd. Breslauer kam es vor, als wären es Schauspieler, die gleich einen unterhaltsamen Sketch vorführen würden. Dieser Eindruck wurde noch dadurch verstärkt, dass die beiden sich auf einer höheren Ebene im Lokal niedergelassen hatten, die an eine Art Bühne erinnerte. Der Anzugmann hatte ein Riesenglas mit Weizenbier vor sich; der andere nichts. Der fiel Breslauer durch eine unangenehme, übertrieben wirkende Beflissenheit auf. Er schien bemüht, auf sein Gegenüber mit allen Mitteln einen positiven Eindruck machen zu wollen. Von ihm wohl in irgendeiner Weise abhängig zu sein. Doch plötzlich folgte ein abrupter Aufbruch des Anzugmannes, der bei Breslauer die Vermutung bestärkte, dass es sich bei diesem ganzen Treffen um etwas Geschäftliches gehandelt hatte. Eine laute Verabschiedung mit heftig hervorgebrachten guten Wünschen und dröhnendem Gelächter, das ihm wohl häufiger als Geschäftsmann bei ertragreichen Abschlüssen zur Verfügung stand, sorgten für einen perfekten Abgang. Sein angenipptes Bierglas blieb gekränkt zurück. Wurde aber bald vom Schottenhosenmann, der sich als der Wirt entpuppte, zur Theke getragen und ausgegossen. Dann kam er an Breslauers Tisch. Der bestellte:

eine kleine Vorspeisenplatte
Schweinemedaillons mit Beilage
1/4 Liter Chianti classico
eine kleine Flasche Mineralwasser
ohne Sprudel

„Früher war dieser Wirt nicht hier", dachte der sich erinnernde Breslauer. Ihm fiel ein, was er immer wieder feststellte, dass die Bewirtschaftungen dieser Lokale sehr häufig wechselten. Das Gespräch zwischen den beiden unterschiedlich gekleideten Männern hatte sicher etwas mit der Beschaffung von Geld zu tun. Was auch die seltsam devote Haltung des Besitzers oder Pächters erklären würde.

Dann wartete Breslauer vor dem Wein und dem Wasser auf sein Abendessen. „Die Vorspeisenplatte wird sicher bald kommen", fasste er sich in Geduld. Warten konnte er, darin war er durch Arztbesuche erprobt. Die Zeit verging. Die wenigen intakten Uhren schienen langsamer zu ticken. Aus dem Keller, wo die Küche lag und wohin vor schon längerer Zeit der Wirt entschwunden war, klopfte es ein paarmal wie mit einem Hammer. Dann klapperten irgendwelche Schüsseln, Teller oder andere Behältnisse. „Es scheint mit meinem Essen voranzugehen", registrierte Breslauer. Nicht weit von ihm entfernt hatten sich zwei junge Paare lässig niedergelassen. Sie waren nur auf dem Sprung. Warteten auf ihre Pizzen, die sie zu Hause verzehren wollten.

Langsam begann er sich zu fragen, ob seine Medaillons nicht allmählich fertig sein müssten. Als hätte er telepathische Fähigkeiten, klingelte es am Speiseaufzug, und der neben dem Chef, der wohl auch Küchenchef war, arbeitende Aushilfskellner brachte alles herbei, indem er zur Genugtuung Breslauers noch einen kleinen wertvollen Satz sagte: „Bitte sehr, der Herr. Wünsche guten Appetit."

Seltsamerweise brachte er die Vorspeisenplatte zusammen mit dem Hauptgericht. Oder sollte das schon die Nachspeise sein? Breslauer wusste auch nicht weiter. Er pickte sich immer mal wieder neben dem Essen der Schweinemedaillons Datteln, Calamares oder große Bohnen heraus. Nippte an seinem Wein, sah aus dem Fenster, schaute auf das Regal hinter der Theke mit den bunten Flaschen. Sah den Wirt, der beflissen Gläser spülte. Und bemerkte, dass das Licht für seine Augen angenehm war. Für seine Augen und auch für seine Seele - zum Abschluss eines erfüllten Tages.

Der Wirt brachte mit der Rechnung noch einen Grappa. Dann machte sich der Gast auf den Weg zum Meer. Langsam verstummte das Treiben auf der Straße. Der Strand war nah. Er ging die wenigen Stufen zur Promenade hinunter. Es war dunkel, aber klar. Eine Mondsichel verzierte den Himmel, an dem zurückhaltend sich einige Sterne blicken ließen. Sollte er sich für Norden oder Süden entscheiden? Meistens entschloss er sich für die nördliche Richtung. An einer Stelle des noch hell schimmernden Geländers blieb er stehen. Er schaute auf die graue, leicht gekräuselte Wasserfläche. Irgendwo weit draußen sah er Lichter. Vielleicht Kutter. Fast am Horizont, der in der Dunkelheit kaum auszumachen war, sah er das rötliche Blinken von zahlreichen Lichtern. Das war der Off-Shore-Windpark, den man am hellen Tag kaum wahrnehmen konnte. Es war still geworden. Auch die Möwen hatten sich zurückgezogen.

Wohltuend spürte Breslauer den leichten Wind. Er fühlte sich freier und belebter. Trotz der alten, nicht weichen wollenden Gedanken. Und allmählich verwandelte sich das Schwere und Graue. Bekam Farbe und wurde ansehnlich, wie für ein Kind ein lange vermisstes und wieder gefundenes Bilderbuch.

Dünen und Meer

An einem späten Vormittag fuhr er mit dem Linienbus Richtung Norden. Der wurde auch in dieser Jahreszeit noch stark von Gästen frequentiert, die wie er die Nebensaison schätzten. Ein Haufen von Leuten, die eigentlich nicht die Massen liebten und nun dicht gedrängt im Durchgang eines Busses stehen mussten. Er war ausgerüstet mit Outdoorjacke, Wollmütze, Schal und Rucksack. Einige andere ältere Herrschaften trugen darüber hinaus noch Walkingstöcke. Paare, gemeinsam alt geworden oder mit erneutem Entschluss zur Zweisamkeit wieder angetreten, bevölkerten ebenfalls das schaukelnde Gefährt. Dazwischen meist schweigend in Alltags- oder Arbeitskleidung Einheimische, die aus alltäglichen, nicht urlaubsbedingten Anlässen irgendwohin mussten.

Nach einigen Stationen hatte Breslauer einen Sitzplatz. Allerdings saß er rückwärts. Was ihm aber nichts ausmachte. Die Vorstadt des Seebads zog sich entfernend am Fenster vorüber. Ehemalige Ferienhäuser aus früheren Zeiten. Einfache Mietskasernen aus der Nachkriegszeit. Moderne Wohndomizile für Betuchtere.

Der Bus ruckelte über rissig gewordene Straßen innerhalb der Ortschaften. Man sparte auch hier an notwendigen Instandsetzungen.

Viele waren jetzt ausgestiegen. Breslauer setzte sich nun in Fahrtrichtung. Jetzt fuhr man auf der neuen Schnellstraße. Eine Reihe von Dünen tauchte in der Ferne auf. Dort wollte er hin. Er hatte den Stoppknopf gedrückt. Bald darauf bog der Gelenkbus in die Haltebucht. Nicht weit davon lag das Watt. Am Ufer wuchsen bräunliche Schilfreste. Etwas weiter draußen hörte die Bewachsung gänzlich auf und das Wasser wurde schlammig. Gleich neben der im Sommer stärker befahrenen Verbindungsstraße verliefen Wege durch das Wattvorland. Heute erschienen sie kurz. Die auflaufende Flut hatte den Schlick schon zum großen Teil mit Wasser bedeckt.

Breslauers Blick streifte die andere Seite der Fahrbahn. Dort erhoben sich die mit Heidekraut, Disteln und Heckenrosen bedeckten Sandhügel. Er überquerte vorsichtig, wie er ja nun mal war, die Straße an der nahen Fußgängerampel, obwohl erst in weiter Ferne ein ankommendes Fahrzeug auszumachen war. Dann ging er auf dem Fahrradweg weiter in nördliche Richtung. Nach einigen Minuten entdeckte er den ihm bekannten Bohlenweg, der weiter in die zerklüftete Hügellandschaft hineinführte. Dabei musste er eine stattliche Anzahl Holzstufen bewältigen, was ihn ziemlich aus der Puste brachte. Doch als er auf dem Kamm der bewachsenen ersten Düne stand, hatte er einen lohnenden Ausblick über das Wattenmeer bis an die gegenüberliegende Küste.

Früher kam man mit einem Dampfschiff auf die Insel. Nicht weit entfernt lag noch die Anlegestelle mit dem historischen Fährhaus, das jetzt ein Restaurant beherbergte. Allerdings nicht in der Preislage, die Breslauer schätzte. In der Auswahl seiner Speisen war er alles andere als ein Gourmet. Das hatten ihm Frieda und auch seine jetzige Frau häufiger zu verstehen gegeben. Das kränkte ihn aber nicht. Für ihn war Esskultur, dass man satt wird und sich wohlfühlt. Er dachte manchmal gern wie ein Banause. Konnte sich aber trotzdem auch über ein gelungenes Menü freuen und wusste insgeheim durchaus einen gewissen Aufwand bei der Entstehung einer guten Mahlzeit zu schätzen.

Mit großen Schritten stapfte er durch diese Landschaft. Dachte an Wege durch Sand und Wuchs in die Dünen hinein, damals mit Frieda in der schon so weit zurückliegenden Zeit. Sie waren in den Zwanzigern. Ermunterten sich gegenseitig, als sonst übertrieben brave und angepasste Leute, auch mal was Verbotenes zu tun. Missachteten die verblassten Schilder mit dem Verbot, die Dünen zu betreten. Er vermutete dort hinten am Fuße des jetzt stark bewachsenen Sandhügels den Platz, an dem sie damals ihre Handtücher hingelegt hatten. Frieda hatte ihren Badeanzug unter dem Kleid. Cremte sich umständlich ein und ließ sich von der Sonne bräunen. Auch er entblößte den Oberkörper und wandte die nach seiner Auffassung unnütze Prozedur zur Verhinderung eines Sonnenbrands an. Man lag sicher nur kurz. Trank aus der Glasflasche ein wenig Brause, die nicht schmeckte, weil sie warm geworden war. Aß Kekse oder durch die Sonne weich gewordene Bon-

bons. Stellte bald fest, dass in der Nähe noch andere sich niedergelassen hatten. Regte sich über irgendwas auf. Vielleicht über die Leute, die sich hier in der Natur allein glaubten und ihr Kofferradio laut eingestellt hatten. Oder über Mücken, kleine Spinnen, Käfer und andere Insekten, die einen ankrabbelten oder stachen. Vielleicht war auch die Sonne schuld, und man hatte einen Sonnenbrand bekommen. Man war es nicht gewohnt, in der Natur zu sein. Wohnte ja in einer kleinen Wohnung mitten in der Stadt. Der Tagesablauf bestand darin, zu studieren, zu lesen, Platten zu hören oder fernzusehen. An den Sommerabenden saß man häufig im unteren Teil des Hauses im Souterrain, wo ein Grieche Souflaki und Calamares anbot. Das alles machte man in diesen Jahren. Obwohl man nicht viel Geld hatte. Aber es ging irgendwie doch.

Heute war es für Breslauer unvorstellbar, dass er den ausgetretenen Pfad durch die Dünen verlassen würde. Der machte eine Drehung nach Süden, zog sich durch ein weites Tal und schlängelte sich wieder nach oben. Es war einsam. „Seltsam, dass hier so wenig Leute sind", dachte der Wanderer. Dahinter war die See, das wusste er. Aber man musste da erstmal hoch. Den spärlich bewachsenen Sandberg erklimmen, durch den der Wanderpfad eine Furche zog.

Breslauer spürte Blasendruck. Man hätte diese natürliche Angelegenheit normalerweise schnell erledigen können. So wie er es mal erlebt hatte, als er mit seinem zukünftigen Schwiegervater unterwegs war. Mitten im Gespräch stellte der sich vor einen Baum und pinkelte. Dann ging die Unterhaltung weiter, als wäre nichts geschehen. Breslauer war damals überrascht von der unkomplizierten Art, diese für ihn intime Sache im Beisein eines anderen zu erledigen. Aber jetzt war es für ihn nun wirklich nicht so einfach, und er war froh, dass er auf seiner Wanderung allein war.

Wie schon angedeutet, musste er seit einigen Jahren ständig einen Blasenkatheter tragen. Das bedeutete, den Urin-Auffangbeutel in gewissen Abständen zu entleeren, der verborgen unter dem Hosenstoff in einer Halterung am Bein steckte. Was die Prozedur des teilweisen Auskleidens erforderlich machte. Er musste also darauf achten, dass er auf weiter Flur allein war, um das, was man gewöhnlich das einfache Geschäft nannte, in der Öffentlichkeit zu bewerkstelligen.

In südwestlicher Richtung sah er eine hölzerne Treppe. Dort würde es sicher über den Dünenkamm zum Meer gehen. Er legte einen forscheren Schritt zu. Wobei er wieder das leichte Schwitzen spürte, das ihn oft schon bei geringsten Anstrengungen befiel. Der Weg bis zum Treppenansatz stieg steil an. Kleine Mulden und Steine ließen Breslauer häufiger stolpern. Endlich hatte er die ersten Stufen des Aufgangs erreicht. Er hielt kurz zum Verschnaufen inne. Dann setzte er zum Steigen an. Langsam, aber stetig trugen die Beine ihn weiter nach oben. Doch die erste Plattform erlaubte nur den Blick zurück auf die Dünenlandschaft. Das ersehnte Meer erforderte noch einen größeren Kraftaufwand. Aber schon hier überkam Breslauer ein dankbares Gefühl. „Gut, dass ich mir die Reise nicht ausreden ließ", sagte er dem Himmel und sich selbst. „Bestimmte Dinge, die einem wichtig sind, muss man einfach tun."

Ein paar Wolken zeigten sich am Himmel. Es war Ostwind. In einem Dünental sah er wie auf einem Aquarell einige geduckte Häuser, deren Dächer mit Reet gedeckt waren. Sie wirkten aus der Entfernung wie Miniaturen. Aber die heute fehlenden Menschen ließen diese Welt unwirklich erscheinen. Deshalb kam Breslauer, der Mythen liebte, auf den Einfall mit dem Riesen und dessen Enkelkindern.
Damit verhielt es sich so: Der Riesen-Opa hatte seinen Enkelkindern ganz besondere Spielsachen versprochen. Er ging zum Meer, das für ihn nur ein großer See war und formte mit seinen Riesenhänden immer wieder kleinere Klumpen aus dem Sand. Die warf er auf die glatte Fläche des Insellandes. Durch den gewaltigen Aufprall verloren sie ihre ursprüngliche Form. Gerieten mal größer oder kleiner, breiter oder niedriger. Schließlich sahen sie aus wie Berge und Hügel aus Sand. In Absprache mit der Natur zauberte er Gräser, Schilf und Heidekraut und auch viele Heckenrosen. Und er

setzte Häuser in die so entstandene Dünenlandschaft hinein. Es waren verkleinerte Riesenhäuser. Die Enkel bückten sich voller Freude, staunten über die vielen Details, die sie an ihre eigenen Häuser erinnerten und ließen Spielzeugautos auf den kurvigen Straßen fahren. Nur Menschen hatte der Riesen-Opa nicht gemacht. Er hatte sie nicht vergessen. Er kannte sie einfach nicht und brauchte sie auch nicht. Es gab auf der Welt ja nur Riesen. Und auf die Idee, kleine Riesen zu machen, kam er nicht.

Breslauer machte sich wieder auf und stieg weiter die Treppe in die Höhe. Stufe für Stufe. Schließlich war er ganz oben angekommen. Er schaute in alle Himmelsrichtungen. Das Wasser ließ sehr viel Strand sehen, obwohl eigentlich Flut war. Vielleicht hatte es ja auch schon wieder zu ebben begonnen. Einen Tidenkalender hatte er nicht mitgenommen. Aber der breite Strand erklärte sich auch durch den anhaltenden Ostwind. Der drückte das Wasser auf die See hinaus. Unten am Meer erblickte er wenige Wandernde. Sie sahen wie größere, nicht wichtige Punkte aus und machten um feuchte Stellen und Wasseransammlungen Umwege.

Zwei Holzbänke mit Lehnen standen sich gegenüber. Der Wind war angenehm. Die Sonne wärmte noch. Er hatte seine Sonnenbrille aus dem Rucksack gekramt und sich auf einer der Bänke niedergelassen. Ein wenig spürte er seine Blase. „Schon wieder", dachte er. Berührte im Sitzen sein rechtes Bein unterhalb des Knies. Fühlte den eingerasteten Hebel durch den Stoff. Der Katheter war geschlossen. Also Entwarnung. Er brauchte sich keine Sorgen zu machen. Dann fügte er noch für sich selbst einen beruhigenden Satz hinzu, den er leise aussprach: "Also keine Sorge, mein Lieber." Er sagte manchmal zu sich selbst „mein Lieber".

„Oft war ich damals beim Urologen. Klagte über Schmerzen im Unterleib. Das Wasserlassen wurde schlechter. Ich fühlte mich unerklärlich schwach und ausgelaugt. ‚Machen Sie sich keine Sorgen', sagte der Arzt. Nach Wochen dann: ‚Na gut, wir können ja mal eine Biopsie machen und Geweebeproben aus der Prostata entnehmen, wenn Sie es unbedingt möchten. Aber ich sage Ihnen gleich, da ist nichts.' Alle Proben waren positiv und voller Metastasen. Der Arzt druckste herum. Die Krebsdiagnose kam ihm wenigstens nicht leicht über die Lippen. Die Prostata musste entfernt werden.

Lange Gänge. Geschlossene und selbsttätig öffnende Türen, die zu Wartebereichen und Untersuchungsräumen führten. Ärzte und

Pflegende in eiligen Schritten. Dazwischen die Patienten, manche etwas unbeholfen und unsicher. Fotos mit Lokalkolorit an den Wänden. Bekannte Bauwerke und Sehenswürdigkeiten. Auf der anderen Seite des Flurs die Ahnengalerie von ehemaligen Chefärzten der Urologischen Abteilung.

Die patente Sekretärin des jetzigen Chefs nahm meine Personalien auf. Er hatte noch Urlaub. Das Vorgespräch führte schon mal ein Oberarzt. Danach folgten Wochen voller Unruhe und banger Erwartung.

Dann endlich das Gespräch mit dem urlaubsgebräunten Professor.

‚Mein Oberarzt, hat Sie ja schon untersucht. Sie haben einen fortgeschrittenen Tumor in der Prostata, der entfernt werden muss. Das ist mittlerweile eine standardisierte, aber doch eine anspruchsvolle Operation. Ich selbst werde Sie operieren. Wir haben doch auch schon einen Termin?' Er blätterte im Kalender.

Johanna wollte wissen, wie groß meine Überlebenschancen sind.

‚Das kann man bei solcher Erkrankung nie genau sagen. Erst nach der pathologischen Untersuchung der Prostata wissen wir mehr. Aber beunruhigen Sie sich nicht unnötig vorher. Ich kann wirklich erst etwas sagen, wenn ich operiert habe.' Ich dachte: ‚Solche Gespräche sind für ihn Routine'.

Dann war der OP-Tag da. ‚Alles Gute‘, wünschte der freundliche Bettnachbar. Ich stand schon unter der Wirkung des Beruhigungsmittels. Hatte mich in mein Schicksal ergeben. ‚Es soll kommen, wie es kommt‘,

Ein kräftiger Pfleger schob mein Bett in den OP-Bereich. Personen in grüner Bekleidung machten sich daran zu schaffen. Ich rollte mich selbst mühsam auf den OP-Tisch. Ein vermummter Arzt gab mir eine Spritze. ‚Zählen Sie von zehn bis eins.‘

‚Zehn, neun, acht, s i e b e n…‘

Auf einmal sah ich ein freundliches Gesicht. Einen Mund, der sich bewegte. Augen, die mich neugierig ansahen.

Der Kopf kam näher. ‚Lasst mich doch in Ruhe‘ dachte ich. ‚Ich möchte dort weiterhin sein, wo ich war.‘ Dann erreichten mich Worte. Erst schienen sie geflüstert, dann gerufen, dann geschrien: ‚Herr Breslauer. Herr Breslauer! **Herr Breslauer!** Alles ist in Ordnung. Sie haben es hinter sich.‘ Es war der Professor, mein Operateur. Ich öffnete langsam die Augen. Versuchte mich zu orientieren. Dann sackte ich wieder weg. Später konnte ich mich an nichts davon mehr erinnern.“

Breslauer erhob sich langsam von der Bank. Unterstützte den Körper mit beiden Händen beim Aufstehen bis er stand und musste sich erst sortieren. Griff dann nach seinem Rucksack und tapste Stufe für Stufe die Treppen zur Küste hinunter. Unten hinterließ er viele Fußspuren im Sand, an denen man ablesen konnte, dass der Wandernde unsichere Schritte machte. Die leichte Brise tat ihm gut. Er atmete, so tief er konnte, ein. Konzentrierte sich stärker auf sein Gehen und versuchte, etwas schneller zu werden.

Er wollte in Richtung Süden. Hin und wieder begegneten ihm vereinzelte Wanderer. Hinter dem hohen Dünenkamm lagen die Häuser sehr reicher Leute. Manchmal sah man schon mal einige davon. Aber sie waren in ihrem Freizeitdress versteckt und mit einer Sonnenbrille maskiert. Die junge Frau, die ihm begegnete, kam mit einem Hund in seiner Nähe vorbei. Sie lächelte ihn an. Gab ihm die Chance, sich zu revanchieren.

Das Wasser war erheblich zurückgewichen. Große Teile sonst überspülter Strandlandschaft traten nun offen zutage. Natürliches Geröll und Muschelschalen gaben Zeugnis von Vergänglichkeit und scheinbarer Ewigkeit. Alte in den sandigen Boden gerammte Holzpflöcke ragten aus dem Schlamm. Eine durch die Gezeiten kurzlebige Landschaft war entstanden, die bei der nächsten Flut ihre Gestalt verändern würde oder auch ganz zum Vergehen bestimmt war.

Breslauer schritt in seinen abgetragenen Gebirgsstiefeln manchmal mit größerem, dann wieder mit geringerem Abstand am Rande dieser Unendlichkeit des Meeres entlang, von der man wusste, dass sie doch irgendwo ihre Grenzen hatte. Er kam sich vor wie ein Wanderer zwischen den Welten. Was ein Gefühl war, das er in seinem Leben kannte. Wenn er begann, irgendwo Wurzeln zu schlagen, wuchs in ihm bald die Sehnsucht nach einer Gegenwelt. Er fühlte sich dann wie Odysseus, der nach längerer Zeit im fremden Lande der Phäaken wieder aufs Meer hinaus musste, weil er seine wirkliche Heimat noch nicht gefunden hatte.

Eigentlich hätte er den Pfützen ausweichen sollen. Doch er ließ es schon mal darauf ankommen. Zum Beispiel, wenn er plötzlich vor einem tieferen, mit Meerwasser gefüllten Rinnsal stand. Dann überlegte er, ob er es versuchen sollte, irgendwie hinüberzugelangen. Gewagt und gekonnt, mit einem heftigen Sprung. Doch bald darauf meldeten sich die Einwände des vorsichtigen Anteils seines Wesens: „Wenn es schief geht, dann hast du nasse Füße. Mache lieber den trockenen Umweg." Breslauer entschied sich dann meistens für die sichere Variante. Das war auch so ein Punkt, den er an sich nicht mochte, dass Wagnisse bei ihm kaum Chancen hatten.

Er kannte die Gegend von früheren Spaziergängen. Sah die verblasste Holztafel, wo ein steiler, von losem Sand zugedeckter Weg zum oberen Teil der Küste führte.

„Betreten für Unbefugte verboten."

Dort lag die Bildungsstätte „Sandkuhle". Sie war
für ihr umfangreiches Programm bekannt. Häufig
für Leute, die ihren Geist regenerieren wollten.
Manchmal auch mussten, weil Burnout und De-
pression ihnen zugesetzt hatten.
Der lose, immer wieder nachgebende Sand machte den Aufstieg anstrengend. Oben blickte er dann
landeinwärts auf den in Weiß gehaltenen Schul-
bau. Eine Reihe Häuschen, die mehr wie überdi-
mensionale Bienenkästen aussahen, lagen ver-
streut auf winzigen Terrassen. Dazwischen verlief
der Weg zur Bushaltestelle, den er gehen musste,
wenn er wieder nach Inselstadt zurückfahren wollte.

An dieser Stelle wurde bei ihm eine Erinnerung lebendig. Er musste an jemanden denken, der vor
Jahren mal großen Eindruck auf ihn gemacht hatte
und hier immer mal wieder Vorträge hielt.
Breslauer schaute sich auf dem Weg über das Gelände vorsichtig um. Es war ein Privatweg, der für
ihn als Strandwanderer eigentlich verboten war.
Zwar mit einigen Skrupeln, aber dann doch mit
Entschlossenheit setzte er sich darüber hinweg
und strebte unbemerkt der Haltestelle zu.
Aber die Erinnerung an Sibyll ging ihm nicht mehr
aus dem Sinn.

Der Erfolgreiche

„Viele Jahre war ich nicht mehr in Berlin. Obwohl ich diese Stadt als Kind am häufigsten erlebt habe. Sie war für mich **die** Realität meines Lebens außerhalb der mich sonst umgebenden Welt, die sich auf einem Binnenschiff abspielte. Als ich schließlich sesshaft werden musste, lernte ich ein anderes Universum kennen, das von Schule und Lernen geprägt war, wo andere Gesetze und Regeln als auf dem Kahn herrschten.

Auch im Studium und in den Anfängen des Berufslebens hatte es sich einfach nicht ergeben, mit dieser Stadt wieder in Berührung zu kommen, geschweige denn die alte Verbundenheit mit ihr aufleben zu lassen.

Dann fiel mir nach Jahren eine Broschüre in die Hände. Es war eine Werbung für eine Fortbildung. Ich blätterte interessiert darin, denn Ich hatte schon länger das Gefühl in meinem Beruf nur noch zu funktionieren und fühlte mich ausgebrannt.

„Zufriedenes Leben im Handumdrehen" war das provokante Thema, das meine Aufmerksamkeit erregte. Also meldete ich mich an.

Auf diese Weise sah ich Berlin wieder. Erst wenige Jahre waren seit der Wende vergangen. Vieles befand sich noch im Umbruch. Das Institut lag in einer Gegend mit alten

Villen in der Nähe des Grunewalds. Dort lernten wir interessante Dinge aus Seelsorge und Psychologie, die wir für unseren beruflichen Umgang mit Menschen gebrauchen konnten. Nach dem Abendessen hatten wir häufig frei. Einige, wozu ich auch zählte, fanden sich zusammen und fuhren mit der S-Bahn in die Stadt hinein. Nach dem Theater oder Kabarett saß man noch in irgendeiner Kneipe und tauschte sich aus. Erst spät kamen wir wieder in der Villa an. Doch die Geselligkeit ging dort weiter. Einige der im Institut Gebliebenen saßen noch im Kaminzimmer und begrüßten uns mit Hallo. Wir gesellten uns fast alle dazu und führten Gespräche über Gott und die Welt bis über Mitternacht hinaus.

Doch eine Person fehlte bei diesen spontanen Geselligkeiten immer. Das war Sibyll. Der eigentlich Dr. Tabeus Sibyll-Avenaria hieß. Sich aber damals von den Kommilitonen nur Sibyll nennen ließ. Er beschränkte seine Teilnahme an gemeinschaftlichen Zusammenkünften auf die offiziellen Unterrichtskurse und Mahlzeiten. Danach ging er auf sein Zimmer und blieb verschwunden. Ich und sicher auch einige andere waren darüber irgendwann nicht mehr erstaunt. Man wusste bald, dass Sibyll für die Seminare und Vorlesungen, die er im Namen seines Professors an der Humboldt-Universität verantwortete, eine Menge vorzubereiten hatte.

Er stammte aus dem früheren östlichen Teil Berlins und hatte, wie man hörte, an der Universität große Chancen auf eine wissenschaftliche Karriere. Diese Fortbildung diente ihm nur noch zur Untermauerung einiger Thesen seiner bald erscheinenden Habilitationsschrift mit praktischen psychologischen Beispielen.

Von den Dozenten unseres Instituts wurde er mehr als andere beachtet. Einige hofierten ihn sogar, weil er, wie man wusste, eine in Fachkreisen stark beachtete Dissertation über den Zusammenhang von Naturwissenschaft und religiösem Denken verfasst hatte.

Mich interessierte dieser sportliche, unangestrengt und locker wirkende Teilnehmer, weil er vieles, was das theologisch-pastorale Fach betraf, schon absolviert hatte. Außerdem hatte er eine angenehme schlichte Art, die mich und viele andere für ihn einnahm.

Jahre später hörte ich von Sibylls Karriere als Professor für Religionswissenschaft und Philosophie an einer süddeutschen Universität. Außerdem mehrten sich seine Auftritte als renommierter theologischer Fachmann und Ethiker in den Medien. Dort saß er in Talkshows im Kreise von Bischöfen, Politikern, Schauspielern und anderen Prominenten und hinterließ meistens von allen den besten Eindruck. Er galt als jemand der trotz oder gerade wegen seiner Fachrichtungen mitten im Leben stand, und das kam gut an bei den Leuten.

Umso mehr erstaunte es mich, als ich plötzlich Fotos mit Interviews in Illustrierten sah, wo Sibyll nach strengem hochkirchlichen Ritual mit Ministranten im Gefolge und großem Aufwand an farbigen Gewändern und Symbolen in einem Dom irgendwo im Süden zum evangelischen Gottesdienst einzog. Dann las ich in einem Fachblatt von seiner Überzeugung, dass die liturgische Bekleidung der Geistlichen im Gottesdienst heilsnotwendig für seine Gültigkeit sein sollte.
Darüber staunte ich sehr, weil Sibyll ja vor seiner Universitätskarriere ein stark engagierter evangelischer Pfarrer an einem Berliner sozialen Brennpunkt gewesen war. Dass es nun auf einmal für ihn nicht feierlich genug sein konnte, verstand ich nicht. Ich war der Überzeugung, dass tatkräftiger praktischer Einsatz für die Notleidenden und im Leben zu kurz Gekommenen wichtiger war als gottesdienstliche Feinheiten.
‚Ein innerer Wandlungsprozess muss also bei diesem Mann eingetreten sein‘, dachte

ich damals und tröstete mich damit, dass es auch für ihn sprach, dass sein theologisches Weltbild noch nicht so festgefahren war.
Allmählich verblasste die damalige Berliner Fortbildungszeit und damit auch die Person Tabeus Sibyll-Avenaria.

Bis ich nach Jahren in einsamen Momenten im Internet surfte. Plötzlich stieß ich hier nun wieder auf Sibyll. Gleich mehrere Fotos waren ins Netz gestellt. Aufgenommen irgendwo im Gebirge an einem sonnigen Tag. Es war ein Mann, ja ein Kerl durch und durch, der sich seinen Usern zeigte. Braungebrannt, mit durchtrainierten kräftigen Armen. Auf den Videos, die er außerdem noch hochgeladen hatte, flatterte sein schulterlanges schwarzes Haar an der See im Wind. Er lachte - so als wäre das Lachen nur ihm eigen. Dann erzählte er auf einem dieser Filme von einem Weg zu einem erleuchteten, zufriedenen und erfolgreichen Leben. Dank seiner Methode, die er das **Apollonische Prinzip** nannte.

Bald darauf fielen mir Bücher in die Hände, in denen er dieses Prinzip erläuterte, das fortan den wesentlichen Kern seiner wissenschaftlichen Theorie und Lehre darstellen würde.

Es war ein **Therapiemodell für den modernen gestressten Menschen nach antikem Vorbild**. Für diese Idee, die Sibyll auch unter dem urheberrechtlich geschützten Begriff „**delph-apoll**" patentieren ließ, war die uralte antike Kultstätte des Orakels von Delphi Vorbild und Namensgeberin.

Diese Methode war ein seelsorgerliches Coaching, wo als erster Schritt geeignete und **mit Intuition begabte Personen** aus einem eingeladenen Pool von Interessierten gefunden werden mussten. Sie wurden zu **Pythianen** ausgebildet. Jeder von ihnen sollte dort, wo er zu Hause war eine Kommunität gründen. Sodass eines Tages **ein Netz von delphischen Kommunitäten** das Land überziehen würde. Denn Sibyll-Avenaria hatte bei seinen seelsorgerlichen Studien mit Menschen festgestellt, dass bei ihnen durchweg ein starkes **Bedürfnis nach Weisung/Anweisung zur Lebensbewältigung** bestand. Dafür aber brauchte man **Autoritäten**, die Menschen beeindrucken und leiten konnten Diese gaben **orakelhafte Antworten** auf die Fragen der delphischen Geschwister, wie die Bewohner der Kommunitäten genannt wurden.

So wie Apollon vielen Orakelstätten im alten Griechenland vorstand, so war **Prof. Dr. Sibyll-Avenaria der Spiritus Rector** dieser Einrichtungen.

Seine ausgesprochen bemerkenswerte Leistung bestand vor allem in der Nutzbarmachung von bereits vorhandenen historischen Ressourcen für die Lebensbewältigung heutiger Generationen.

Es ging also wie im alten Delphi um die Verkündigung eines Orakelspruches. Von dieser Gesamtidee her denkend, versprach sich Sibyll, dass die Menschen in den Kommunitäten Weisungen erhalten würden, die zu ihnen passten und mit denen sie sich auseinandersetzen mussten. Womit sie lebenslang einen engen **Bezug zur transzendenten Sphäre** ihres Lebens behalten würden.

Ich war, verständlicherweise, sehr erschrocken über diese Wandlung meines früheren Vorbildes. Sah, wie in den Jahren aus dem einst sozial engagierten Hochgebildeten jemand geworden war, der nach Herrschaft über Menschen strebte. Ein Guru also, der alles andere als selbstlos war, und das erschreckte mich."

Breslauer hatte die Haltestelle erreicht. Dort standen noch andere Leute. Eine kleine Gruppe von Frauen im gesetzten Alter mit Trolley und Rucksack. Sie kamen wohl gerade von der „Sandkuhle" und waren noch erfüllt von neuen Erkenntnissen und Bereicherungen ihres Lebens.

Das alte Kaffeehaus

Breslauer liebte seine tägliche Kaffeestunde am Nachmittag.

Sie war für ihn Zäsur und Pause in der Denkarbeit. Ein selbst verordnetes Innehalten, das seinem Tag Struktur und Regelmäßigkeit verlieh.

Bei einem Spaziergang fiel sein Blick eines Tages auf eine Speisekarte. Eigentlich war es nur ein schon halb zerrissener Papierfetzen, der an einem Metallpfosten mit Klebestreifen befestigt war. Er gehörte zu einer Terrasse, die schon bessere Zeiten erlebt hatte und vor Sonne und Regen durch eine gewaltige Markise geschützt wurde. Dieser einst für gemütliche Kaffeestunden im Freien bestimmte Platz, schien jetzt nur noch als Abstellfläche zu dienen. Aufeinandergestellte Tische und Türme von gestapelten Stühlen unterstrichen den Eindruck, dass hier etwas nicht mehr so lief, wie es einst gedacht war. Jedenfalls im großen Ganzen nicht. Doch aus und vorbei im absoluten Sinne war es mit diesem verlassen wirkenden Areal wohl noch nicht. Ab und zu freuten sich nämlich die Raucher des Cafés, dass sie hier ihrer Sucht in etwas geschützterem Rahmen frönen konnten, und trotzdem draußen waren.

Auf der lädierten Speisekarte war eine Reihe von Tagesgerichten aufgeführt. Doch man musste sich schon anstrengen, um die Bezeichnungen dieser Speisen auf dem Wisch zu entziffern. Denn die Verantwortlichen dieses Kaffeeetablissements hatten sich das Drucken der Karte ersparen wollen und sich der Illusion hingegeben, dass es schon ausreichen würde, die Tagesgerichte mit Kugelschreiber in einer schwer lesbaren, unbeholfenen Schreibe auf das Papier zu bringen. Über das Wagnis war man sich wohl nicht ganz im Klaren. Oder vertraute mit einer Portion Trotz darauf, dass man die eventuellen Gäste vom Vorzug der persönlichen Handschrift gegenüber der genormten überzeugen könnte.

Die Gerichte wurden jeden Werktag zwischen 12:00 und 15:00 Uhr serviert:

Es gab Wiener Schnitzel mit Salzkartoffeln und Erbsen und Wurzeln, Rinderroulade mit Salzkartoffeln und Rotkohl, Rinderleber mit Kartoffelpüree und selbstgemachtem Apfelmus und zu guter Letzt eine frische Gemüsesuppe mit Wursteinlage. Als Dessert zu allen Gerichten: Pudding mit Vanillesoße.

Die Preise waren günstig im Vergleich zu anderen Lokalen auf dem Eiland. Breslauer freute sich über diese neue Entdeckung, die nur einige Straßen von seiner Unterkunft entfernt war. Er ging mehr aus Neugier als aus Bedürfnis in das Café hinein. Ein großer Raum mit reich gemusterter, aber trotzdem gediegen aussehender Tapete erwartete ihn. An den Wänden hingen einzelne Bilder mit Biedermeier-Motiven, die zu einem Kaffeehaus im Wiener Stil durchaus passten. Manches an Nippes stand auf wenigen Regalen. Einzelne Zweier-und Vierertische füllten den saalartigen Raum. An einem, ziemlich in der Mitte, nahm der ankommende Gast Platz. Wie bei allen anderen lag auch hier unter einer Glasplatte ein Häkeldeckchen. „Relikte aus vergangenen Zeiten", stellte Breslauer amüsiert fest. „Etwas antiquiert, aber gerade deshalb passend zum ganzen Ambiente."

Es gab einen Tresen, hinter dem der blank geputzte Kessel einer stattlichen Kaffeemaschine den Blick auf sich zog, die sicher schon einige jüngere Generationen ihres Typs überdauert hatte. Mehrere Stimmen drangen aus einer Abseite, in die der Gast nicht einsehen konnte. Wahrscheinlich der Küchen- oder Backstubenbereich, der dem Werden und Entstehen von Speisen und Köstlichkeiten der Konditorei vorbehalten blieb. Aus dieser Ecke drangen Anweisungen und Befehle, die Breslauer nicht verstehen konnte.
Schließlich erschien jemand, der wie eine Bedienung aussah. Eine junge Frau eilte an Breslauers Tisch und erkundigte sich nach seinen Wünschen. Er hatte sich noch nichts überlegt und fragte nach den Kuchensorten in der Hoffnung auf eine kurze entschiedene Antwort. Doch es erging an ihn die Aufforderung in den Konditorladen zu gehen. Um sich das reichhaltige Angebot an Torten persönlich anzusehen und erst dann auszuwählen. Das komplizierte die Sache nach seinem Empfinden ungemein.

Dann stand er vor den Kunstwerken des Konditormeisters, der sich vor Jahrzehnten schon auf dem Eiland niedergelassen hatte, wie aus mehreren, etwas vergilbten eingerahmten Zeitungsartikeln an der Wand hervorging. Ursprünglich stammte er aus Österreich, hatte in Salzburg sein Handwerk erlernt und in seinem bisherigen Leben manche herausragende Preise seiner Zunft errungen. Sogar vielversprechende Anstellungen aufgegeben, um seinen Traum von einem Kaffeehaus in Inselstadt Wirklichkeit werden zu lassen. Beiläufig dachte Breslauer, dass der Meister wohl mit der Zeit schon ein Ehrfurcht gebietendes Alter erreicht haben müsste.

Der in Konditoreidingen nicht so beschlagene Breslauer stand also etwas unbeholfen vor dem Tresen und fragte die Verkäuferin unsicher nach den korrekten Bezeichnungen, indem er auf die einzelnen Torten deutete.

„Wie heißt diese da?" „Das ist eine Friesentorte"
„Die hat wohl viel Sahne? Ich bin nämlich Kuhmilch-Allergiker."
„Sie besteht aus mehreren Sahneschichten.
Jede Schicht ist aus reiner fettarmer Biomilch gefertigt und wird viel verlangt."
„Und wie heißt die?" „Das ist eine Marzipantorte."
„Ach, die sieht ja auch gut aus."

„Die kann ich nur empfehlen. Dem Marzipan ist eine besondere Gewürzmischung zugesetzt. Sehr lecker."

„Hm. Haben Sie auch Mandelhörnchen?"

„Ja, natürlich." „Dann bitte nur ein Mandelhörnchen und ein Kännchen Kaffee." „Also ein Mandelhörnchen und ein Kännchen unseres besonderen Bohnenkaffees. Hier bitte Ihren Bon. Sie dürfen wieder Platz nehmen. Es wird Ihnen am Tisch serviert."

Er ging in den Kaffeehaussaal zurück, wo er wirklich an diesem Nachmittag der einzige Gast zu bleiben schien.

Aber auch, wenn es hier an anderen Gästen außer ihm mangelte, war es dafür im versteckten, nicht einsehbaren Bereich hinter dem Kaffeetresen ziemlich lebendig. Das Stimmengewirr schien nur von wenigen Personen erzeugt zu werden, die wohl bei ihrer Arbeit, etwas rücksichtslos gegenüber ihm und noch eventuell kommenden Gästen, Teller auf Stapel knallten und Töpfe und Schüsseln lieb- und lustlos in Regale fliegen ließen. Breslauer vernahm lautes Gelächter und hin und wieder einen mehr geschrienen als normal gesprochenen Satzbrocken. Dazwischen hörte er aus den beiden, vom Alter vergilbten Lautsprecherkästen an den Wänden erhabene Klänge eines klassischen Musikstücks. Es war wohl im Radio der Kultursender eingestellt.

Nachdem die lautstarke Unterhaltung der Backstubenkräfte abgeebbt war, erschienen in kürzeren Intervallen hinter dem Tresen die Köpfe von zwei Mitarbeiterinnen, die wohl etwas in den unteren Regalen suchten. Sie blickten beim Aufstehen zu lange, als noch unauffällig zu erscheinen, zum Gast rüber. Der war neben Kaffee und Mandelhörnchen mit den Gedanken beschäftigt, was das ewige zu ihm Herüberschauen wohl bedeuten sollte. Waren sie misstrauisch, weil sie ihn nicht kannten, ihm nicht trauten oder nur unsicher, weil sie nicht wussten, ob er vielleicht als Gast noch einen Wunsch hätte? Oder weil sie ihn einfach nur als Störenfried betrachteten? Denn ohne ihn hätte sich ihr unbändiger Mitteilungsdrang untereinander sicher noch ungestörter entfalten können.

Breslauer spürte, wie sich in ihm zusehends mehr eine gewisse Unruhe aufbaute. Auch, wenn er hier vielleicht nicht so willkommen war, wie er es gern gewesen wäre, wollte er doch in Ruhe seinen Kaffee trinken und sein Mandelhörnchen genießen. Es schmeckte übertrieben süß. Außerdem war es sehr klein ausgefallen. Eigentlich nur eine Miniaturausgabe eines Mandelhörnchens. Aber ein zweites wollte er hier nicht bestellen.
„Haben Sie noch einen Wunsch?", fragte nun doch die junge Serviererin, die ihn vorhin schon bedient hatte. „Nein", erwiderte er auf diese Frage, obwohl er unter anderen Umständen sicher gern noch mehr verzehrt hätte.

„Haben Sie schon die Kaffeemaschine sauber gemacht?"

„Nein, Chefin, ich bin noch nicht dazu gekommen."

„Na, dann machen Sie es jetzt! Ich habe euch schon oft gesagt, dass die Kaffeemaschine jeden Tag vor Feierabend gereinigt und geputzt werden muss. Aber ihr hört ja nicht zu. Was war denn da eben so viel zu bereden?"

„Ach, Erika hat behauptet, am Sonnabend brauchen wir kein Frühstück zu machen, weil wir ja eine geschlossene Gesellschaft haben."

„Na, gerade deshalb, weil wir ein so gutes Frühstücksbüffet haben, darum haben wir eine geschlossene Gesellschaft."

„Ach so."

„Nur für Durchgangsgäste haben wir dann bis Mittag geschlossen. Haben Sie das verstanden, Traudel?"

„Ja."

Die gemaßregelte Bedienung ging wieder hinter den Tresen, um schließlich im finsteren Teil der Konditorei zu verschwinden. Die „Chefin" genannte ältere Dame blieb im Raum, nicht weit von Breslauers Tischchen entfernt. In der Hand hielt sie eine Blumengießkanne. Sie bemerkte den Gast, der sich den Rest seines Kaffees einschenkte und gerade den Kopf erhob, um auf einen erwarteten freundlichen Gruß der Chefin zu erwidern. Als der jedoch ausblieb, blickte er ein wenig irritiert wieder auf seinen Teller. Die Prinzipalin hantierte derweilen an den Grünpflanzentöpfen auf der Fensterbank herum. Die machten sogar auf den unkundigen Betrachter, der Breslauer ja nun mal war, einen wenig glücklichen und gesunden Eindruck.

„Hier hättet ihr auch nochmal wischen müssen", rief die sich in Kontrolllaune befindliche Frau in den jetzt still gewordenen höhlenartigen Teil dieses Tortenparadieses hinein. Doch es kam keine Resonanz.

„Die Arme muss sich hier ja richtig mühen, dass der Laden läuft." Breslauer schwankte zwischen Mitgefühl und Schadenfreude. Die Chefin war sicher schon in den Sechzigern. Wirkte aber jünger. Als sie an seinem Tisch erneut vorüberging - ohne ihn besonders zu würdigen - sah er ihren Teint. „Makellos, wirklich makellos, wie das Werbegesicht für eine Schönheitscreme." Staunte er fast ein wenig überwältigt von den gestrafften Zügen dieser älteren Dame, die früher wohl einmal die Zügel der Konditorei in der Hand gehabt hatte. Was jetzt aber nicht mehr zu klappen schien. Sie trug eine helle Bluse mit langem dunklem Faltenrock. Unpassend dazu fand Breslauer die Gesundheitssandalen mit weißen Söckchen. Von diesem Fauxpas abgesehen war sie durch und durch Dame. Hielt sich kerzengerade, als hätte sie einmal Ballettunterricht genossen. „So ein Drill verleiht Ausstrahlung und Würde", dachte der Ballettenthusiast Breslauer. Auch er hatte als kaufmännischer Lehrling eine Frau zur Vorgesetzten gehabt. Seine damalige Chefin war ebenfalls streng zu den Auszubildenden, aber in guter Absicht. Die jungen Leute bekamen von ihr deutliche Anweisungen. Dabei sparte sie nicht mit emotionalen Ausbrüchen, wenn sie bei den Untergebenen Eigenwilligkeit spürte und manches nicht so klappte, wie sie es sich vorgestellt hatte. Sehr bald hatte man das Gefühl mehr falsch als richtig gemacht zu haben. „Und doch habe ich von dieser Frau manches für mein Leben gelernt", war Breslauers Fazit. Was das eigentlich konkret war, konnte er gar nicht sagen. Oder doch. Da war jemand einfach nur Mensch. Der sich aufregte, wenn man etwas falsch gemacht hatte. Und sich wirklich freute, wenn er mit einem zufrieden war, nicht nur mit einem pädagogischen Hintergedanken.

Er schien in dieser mehr oder weniger erholsamen Stunde bei Kaffee und Kuchen in der ihn kaum beachtenden Chefin ein lohnendes Objekt seiner Gedanken gefunden zu haben. Diese liefen bei ihm häufig nach einem bestimmten Schema ab: Er schätzte diesen Menschen ein, ließ seiner Phantasie dabei freien Lauf. Hütete sich nicht vor Bewertungen, Beurteilungen und Vergleichen mit Personen, denen er in seinem Leben schon einmal begegnen war. Und würde schließlich auch diese Chefin des Kaffeehauses einreihen in die Galerie der menschlichen Wesen, die ihn faszinierten und zugleich abstießen. Mit einem Wort, ihm eigentlich fremd blieben und doch neugierig machten.

„Sie war es sicher gewesen, die die Speisekarte mit Kugelschreiber geschrieben hatte!" Verklagte er sie vor seinem inneren Tribunal. Er schätzte sie so ein, dass sie immer viel von Menschen forderte, eben auch von ihren Gästen. Auch die, die hier einkehrten sollten sich wenigstens beim Lesen der Speisekarte bemühen, wenn sie schon in ihrem Café essen wollten. Gäste würden schon kommen, wenn die Speisen gut waren. Man brauchte sich nicht bei ihnen anzubiedern. Qualität zahlte sich immer aus.

Er spießte das letzte Bröckelstück seines Mandelhörnchens auf die Kuchengabel. „Es war eindeutig zu süß. Kuchen darf in heutiger Zeit nicht mehr so süß sein", lautete sein Urteil. Dann stand er auf und zog sich an. Griff nach seinem Rucksack und ging zum Tresen, um zu bezahlen. Dann sagte er auf Wiedersehen. Vielleicht würde er hier einmal Mittagessen. „Wiener Schnitzel, das hörte sich doch ganz gut an", überlegte er auf dem Weg in seine Ferienwohnung.

Irgendwann stand das alte Gebäude nicht mehr. Auf dem Gelände waren neue Wohnungen entstanden. Die Anlage nannte sich „Zum alten Kaffeehaus". Nebenan hatte die ehemalige Eigentümer-Familie ein neues Café aufgemacht. Es war kleiner als das alte. Die Chefin, die nun nicht mehr Chefin war, hatte gesundheitlich abgebaut. Wenn Breslauer bei seinen Besuchen auf der Insel Glück hatte, traf er sie manchmal an. Er freute sich, jemanden zu sehen, den er kannte und versuchte ein Lächeln. Manchmal erwiderte sie es und bot ihm von einer hübschen Porzellanuntertasse einen Keks zur Begrüßung an.

„Wie lange würde das Leben, das ich selbst einmal in meinem Beruf geführt habe, an mir noch erkennbar sein? Leben bedeutet, los zu lassen und aus der Hand legen zu können. Es beinhaltet das Vergessen dürfen und Vergessen werden. Irgendwann wird man sich schwertun, sich an mich noch zu erinnern", ging es dem Pastor im Ruhestand durch den Kopf. Und er fand das in Ordnung.

Im „Harlekin"

Breslauer kehrte abends gern in einem kleinen Bistro ein. Zur späten Stunde aß er nicht mehr viel. Aber dort fand er Gelegenheit, den Tag mit einem Snack und einem Glas Rotwein zu beschließen.

Die Terrasse vom „Harlekin" reichte in die Fußgängerzone der Kaiserstraße hinein. Auf den Korbstühlen lagen Wolldecken für die Gäste aus. Man blickte bei einem Getränk oder Verzehr auf die Straße. Je später der Abend, desto weniger Abwechslung bot sich dort. Aber einige blieben trotzdem draußen sitzen. Sie wickelten sich in eine Decke und blickten auf die Lichter und Reklamen in den Schaufenstern und auf die leerer werdende Straße.

Vielleicht dachten sie an die Champs Élysées oder andere Boulevards in den Weltstädten. Oder einfach nur an das eigene Leben. Das war entspannend; vor allem für diejenigen, die gern solche Momente mit Rauchen zubrachten. Einige Heizpilze sorgten für Wärme, sodass man sich nicht hinter die Schwingtür ins Innere des Lokals zurückziehen musste.

Drinnen war es klein. Im Eingangsbereich standen Stehtische mit Hockern. In der winzigen Küche bemühten sich zwei Angestellte, die Wünsche der Gäste zufriedenzustellen. Breslauer kannte die beiden noch von seinen vorigen Aufenthalten. Aber wie es eben bei Menschen so war, konnten sie sich die Gesichter der Gäste über längere Zeiträume hinweg nicht merken. Doch sie gingen freundlich und professionell damit um, indem sie vielsagend lächelten. Was bedeuten mochte: „Natürlich kennen wir dich." Oder aber auch: „Wir kennen dich nicht, möchten aber, dass du wiederkommst."

Ein paar Stufen führten zu einem höher gelegenen Nebenraum, der meistens nur bei wichtigen Fußballübertragungen gut besetzt war. Dann aber herrschte auch Stimmung. An gewöhnlichen Alltagsabenden, wenn die Tagesgäste das Eiland wieder verlassen hatten, legte die Bedienung schon mal die Wolldecken auf Haufen und trug sie rein. Das war das Signal, dass jetzt für das Team ein neuer Tagesabschnitt begann. Es wurde nun etwas heruntergeschaltet. Man verschwand immer mal wieder für ein paar Minuten auf der nun fast leeren Terrasse und zündete sich eine Zigarette an oder hatte einen kurzen oder etwas ausführlicheren Plausch mit einem übriggebliebenen Stammgast. Bis ein anderer irgendwoher aus einer Ecke rief: „Zahlen bitte!"

Breslauer saß gern an einem winzigen Zweiertisch. Dicht daneben hatte eine Holzfigur Stellung bezogen. Es war der Namenspatron dieses Lokals. Ein bunt gekleideter Harlekin. Der den eintretenden Gästen freundlich zulächelte. Wie er es wohl schon an manchen Zirkuseingängen vor Jahrzehnten getan hatte. Denn diese Figur hatte gewiss einige Zeiten überstanden. Allerdings nicht ganz ohne Schäden, wie die Kratzer auf dem Holz bewiesen.

Was gab es noch in diesem Bistro? Die Fotos fielen auf. Motive von Venedig. Der Markusplatz im Winter mit Wasser bedeckt und über Metallgerüste gehende Leute. Gondeln mit Gondolieri in engen Kanälen, die malerisch von bröckelnden Fassaden begrenzt wurden. Der Canal Grande mit regem Treiben von Wasserfahrzeugen. Der Venezianische Karneval mit maskenverhüllten Menschen. Diese großformatigen Fotos verdrängten die kaum wahrnehmbaren Bildchen der örtlichen Kaiserstraße vor fünfzig Jahren.

Breslauer ließ sich Zeit bei seinem Salat und trank den Merlot in kleinen Schlucken. Hörte die lauter gewordenen Gäste an den Hockertischen. Und die Unterhaltung der Bedienung mit den beiden Küchenleuten, die nicht mehr viel zu tun hatten. Sah durch die Fensterscheibe für ihn lautlos Pärchen auf den restlichen Stühlen der Terrasse gestenreich reden. Lauschte auf den erträglich eingestellten Klang der ihm nicht mehr so vertrauten Musikstücke.

Er hatte nie verstanden, warum man immer wieder die gleichen Motive fotografierte. Schon als Kind hatte er sich in den Schaufenstern der Geschäfte Werbeaufnahmen der gängigen Fotofirmen mit Venedig-Motiven angeschaut.

„Venedig hat etwas Geheimnisvolles", dachte er. Die Erzählung von Thomas Mann „Der Tod in Venedig" las er kurz vor dem Abi. Das Morbide und Unheilvolle in dieser Geschichte mochte er. Genauso wie die kunstvollen Masken beim dortigen Karneval. Irgendwo unter den Verkleideten verbarg sich der Tod. Vielleicht war er die geheimnisvolle Schöne mit dem lächelnden, zum Kuss einladenden Mund und dem rubinroten Haaransatz unter dem kecken Hütchen. Oder der Marquis mit dem Dreispitz und dem weißen opernhaften Seidenschal. „Venedig sehen und dann sterben", das war seine Gedankenassoziation, wenn er an diese Stadt dachte.

Ihm fiel eine Geschichte ein, die auch mit Venedig und ihm selbst zu tun hatte.

„Die Strahlentherapie der Universitätsklinik lag tief unter der Erde. Man musste viele Stufen nach unten gehen, wenn die Fahrstühle besetzt waren, und das waren sie häufig. Denn zu bestimmten Zeiten strömten die Patientinnen und Patienten in diese gut geschützten und durch Mauern abgeschirmten Kellerräume, um ihre Bestrahlungseinheiten zu empfangen. Wenn man sich hier nicht auskannte, waren die Wege noch länger, als sie es sonst schon waren.

Überall an den Wänden hingen großformatige Fotos mit Venedig-Motiven. Eine schriftliche Information sorgte für Aufklärung:

Der Chefarzt dieser Abteilung war mit Leib und Seele neben seinem Hauptberuf auch Hobbyfotograf. Er hatte diese Bilder bei Reisen in seine geliebte Lagunen-Stadt aufgenommen. Vor Kurzem hatte er sich nun entschlossen, eine besonders gelungene Auswahl davon in einem Kalender zum Verkauf anzubieten. Der Erlös sollte zum Ausbau seiner medizinischen Abteilung etwas beitragen.

Nun wusste ich also Bescheid.
Aber ich war nicht hergekommen, um Fotos anzugucken. Ich hatte einen anderen triftigen persönlichen Grund. Sechs Jahre nach der Prostataoperation hatte sich bei mir der Krebs zurückgemeldet. Ein Rezidiv war aufgetreten. Gerade an der Stelle, wo man damals die Prostata entfernt hatte. Doch das war eigentlich nicht verwunderlich. ich ahnte schon die ganze Zeit, dass es einmal wieder losgehen würde. Schon bevor der Krebs in meinem Körper entdeckt wurde, waren Metastasen in die Lymphbahnen geraten, erzählte man mir damals nach der OP. Das war kein gutes Zeichen. Und doch bin ich operiert worden, von dem Professor. Gleich nach seinem Urlaub. Er wäre eine Kapazität auf seinem Fachgebiet, sagte man mir damals. Ja, er war **die** Kapazität für das präzise Herausoperieren der kranken Vor-

steherdrüsen in Deutschland. Hatte mir auch vor der OP gesagt, dass er den Eingriff abbrechen würde, wenn sich herausstellen sollte, dass meine Lebenserwartung unter zehn Jahren liegen würde. Das habe ich hinnehmen müssen. Habe aber etwas zum Hoffen gehabt. Nachdem alles überstanden war, hat er mir freudestrahlend eröffnet, dass er operiert habe. Er schaute mich an, als würde er mir einen Lottogewinn überbringen. Ich spürte mit jedem Jahr mehr, das ich erleben durfte: es war einer.

Nun nach Jahren stieg der Blutwert, der den Krebs im Körper anzeigte, langsam aber stetig wieder an. Das war ein Alarmsignal. Die neue verordnete Therapie hieß: Bestrahlung der Stelle, wo die Prostata einmal gewesen war.

Deshalb war ich hier. Im Keller der Universitätsklinik bei der Strahlentherapie. Hatte also einen ganz konkreten Grund: Ich wollte mich mit meinem Überweisungsschein zur Bestrahlung anmelden. Dazu musste ich ein Vorgespräch mit dem Chefarzt führen und mit dem Sekretariat eine Reihe von Terminen abmachen.

Nun aber schlich ich orientierungslos in diesem Labyrinth der radiologischen Unterwelt herum. Immer nach einem Hinweisschild suchend auf dem stehen würde: ‚Sekretariat von Professor M.' oder einfach nur: ‚Anmeldung Strahlentherapie.'

Meine erste Begegnung mit der Sekretärin gestaltete sich kurios:
‚Wissen Sie, bei uns ist heute alles durcheinander. Man hat mir meine wertvolle Handtasche gestohlen. Mit allem, was darinnen war: Papiere, Portemonnaie mit Bargeld, Kreditkarten und Haus-und Autoschlüssel. Es war nicht irgendeine Handtasche, müssen Sie wissen, sondern eine teure Designertasche. Ein Geschenk meines verstorbenen Mannes. Die Polizei wird gleich hier sein. Solange müssen Sie warten.'
Die korpulente Frau nahm ihre markante Brille ab. Die, nach meinem Gefühl, auch irgendwie ungewöhnlich war. Sie lehnte sich über den Empfangstresen, stützte den Kopf in die Hände und begann zu weinen. Ich war irritiert. Hatte Schwierigkeiten, das Leid dieser Frau hier im Sekretariat der Strahlentherapie einer Universitätsklinik nachzuempfinden. Wo täglich viele Menschen, wenn nicht sogar sehr, sehr viele mit Krebserkrankungen aller Art in fortgeschrittenen Stadien belastet waren. Verließ mehr fluchtartig als gelassen das Büro und setzte mich auf einen Stuhl im Wartebereich. Dann kamen auch schon zwei Polizisten und gingen da hinein, wo ich eben herausgekom-

men war. Die Zeit zog sich in die Länge. Endlich kamen die Beamten wieder aus dem Büro. Nun hatte ich keine Geduld mehr und startete einen neuen Versuch, mich für die Therapie anzumelden.

Nachdem ich auf mein Anklopfen keine Antwort bekam, trat ich einfach ein. Die Bestohlene saß jetzt gefasster vor ihrer Tastatur. Als ich versuchte, mich vorzustellen, fing sie erneut mit ihrer Diebstahlgeschichte an. Allerdings noch in erweiterter Form. Sie verdächtigte jetzt sogar ihre Kollegin, es auf die wertvolle Handtasche abgesehen zu haben. Begründete mir gegenüber ihren Verdacht ausführlich: ‚Als wir zusammen in der Kantine saßen, konnte sie ihren Blick kaum von meiner Tasche abwenden. Aber beweisen kann ich natürlich nichts. Und das Schlimmste ist, ihr Mann arbeitet sogar bei der Polizei. Was es doch für Menschen gibt.‘ Sie sah mich fragend an, als wäre ich vom Himmel geschickt worden, sie von der Not ihrer Diebstahlerfahrung zu erlösen.

Aber es war wohl nur der Übergang vom eigenen Unglück zur Realität, der sich in ihrem Verhalten ausdrückte. So fragte sie unvermittelt: ‚Was wollten Sie noch? Womit kann ich dienen?‘ In ungeduldigem Ton trug ich mein Anliegen vor. ‚Wann kann ich den Professor sprechen?‘, fragte ich und befürchtete, dass diese Dame mir gleich wieder weinend um den Hals fallen würde. Doch sie hatte nun ihre Beherrschung zurückgewonnen und watschelte auf eine Zwischentür zu. Öffnete sie kurz und rief hinein. ‚Herr Professor, da ist jemand, der will Sie unbedingt sprechen.' Man hörte aus dem Nebenraum eine unkonzentrierte Stimme: ‚Wer ist denn da?' Sie wandte sich zu mir und fragte: ‚Wie heißen Sie nochmal?' **‚Breslauer, Arno Breslauer und ich bin bei Professor M. angemeldet und möchte ihn sprechen!',** sagte ich etwas ungehalten. Die Sekretärin zeigte auf die geöffnete Zwischentür, als würde sie einen unerwünschten Bettler hinausweisen.

Begrüßung. Platznehmen. Professor M., ein zarter unscheinbarer Mann, der wie am falschen Platz in einem gewaltigen Ledersessel saß, suchte umständlich meine Krankenakte. Schien sie nicht zu finden. Was ja auch kein Wunder war, weil ich mich noch gar nicht angemeldet hatte. Dann warf er beunruhigt einen Blick auf seine Armbanduhr. Rutschte auf der für ihn viel zu großen Sitzfläche hin und her. Er könne leider das begonnene Gespräch mit mir nicht fortsetzen, gestand er dann. Sein Stellvertreter würde das genauso gut machen. Schob er nach, weil er wohl bemerkte, dass ich enttäuscht war. ‚Sie verstehen, eine wichtige Sitzung.

Außerdem ist heute eine Art Ausnahmezustand. Meiner Sekretärin ist ihre wertvolle Handtasche gestohlen worden. Ich habe sie natürlich sofort zu trösten versucht und ihr angeboten, dass sie nach Hause gehen könnte. Aber sie wollte nicht. Wozu die Menschen fähig sind. Man glaubt es kaum.'

Der zarte Professor gab mir nicht die Hand, sondern zeigte mit kleinen, zum Ausgang weisenden Gesten, dass das Gespräch für ihn nun beendet war. In dieser abweisenden Gestik stimmte er mit seiner Sekretärin überein.
Beim Hinausgehen sah ich auf einigen Stühlen verkaufsbereite Stapel mit den Venedig-Kalendern. Sie waren nach meiner Ansicht zu teuer.

Die tägliche Bestrahlung umfasste 40 Einheiten. Es war mühsam, immer wieder zur Universitätsklinik zu fahren, denn ich fühlte mich bald sehr geschwächt. Neben den Venedig-Fotos an den Wänden sah ich in den Wartebereichen viele Menschen, die traurig waren, ihre Gesundheit verloren zu haben. Ich war auch gespannt, was aus mir werden würde. Doch ich erhielt zum Schluss einen schriftlichen Bericht für meinen Hausarzt. Professor M. strahlte mich an und ließ meine Hand kaum los, als ich ihn fragte, wann ich wiederkommen müsste. ,Nur, wenn Sie es unbedingt möchten', sagte er. ,Sie sind doch geheilt', und schien mir in die Augen zu sehen. Doch ich glaube von den reich bebilderten Wänden seines Arbeitszimmers hatte sich ein Motiv der Lagunenstadt in meinen Brillengläsern gespiegelt, das ihn wiedermal fasziniert hatte."

Der etwas vom Wein Beschwingte ließ sich vom Straßenverlauf leiten. Die Häuserzeilen hatten sich aufgelockert, den Blick in die Ferne freigegeben, die sich jetzt uneindeutig zwischen Dämmerung und Mondnacht zeigte.
Die meisten Straßen in diesem Viertel fanden am Meer ihren Abschluss. Eine Sperre mit Pforte tauchte auf. Daneben das unbesetzte Häuschen der Kurkartenkontrolleure. An schönen Sonn-und Feiertagen war es auch noch in der Nebensaison besetzt. Eine Treppe führte zur Seepromenade. Breslauer blieb stehen. Er schaute auf die dunkle, leicht wellige Fläche der Nordsee. Sah den noch nicht ganz vollkommenen Weltbetrachter am Himmel, dessen fahles Licht sich in gebrochener Weise im Wasser spiegelte. Spürte ein Wehen, das deutlich machte, dass man hier den Elementen begegnete. Im Moment zwar in milder, harmloser Form. Aber man ahnte, dass die Natur Kräfte besaß, die gewaltig und bedrohlich werden konnten. Was schützte den Menschen vor ihr? War es wirklich Wissen? Geistige Überlegenheit, die sich in

Vorsorge zeigte, in Beobachtung und Berechnung? Gewiss, das gab Vertrauen und Halt. Trotzdem blieb die Furcht, etwas von ihr noch nicht zu kennen, noch nicht zu beherrschen, noch nicht domestiziert zu haben.

Es war, als hätte ein Tierpfleger die Tür zum Löwenkäfig nicht richtig geschlossen und dachte, da bräuchte man sich keine Sorgen zu machen, weil das Tier ihm lange ruhig gedient hätte. Vielleicht hatte sich das Raubtier eine Zeit lang auch so verhalten, dass man meinen konnte, die Einschätzung des Wärters stimmte. Der Mensch lebte an der Seite der Natur, und sie war unauffällig und diente ihm. Dann aber geschah es plötzlich, dass sie sich Raum brach und andere Saiten aufzog. Und zeigte, dass sie sich nicht in ein Korsett zwängen ließ. „So ist es auch mit dem Meer und dem Wind. So ist es mit vielem", dachte Breslauer.

Er ging an der Ladenzeile vorbei, mit dem Geschäft, wo man schnell vor der Abreise noch Andenken kaufen konnte. Daneben lag der jetzt geschlossene Lesesaal, wo an Regentagen manche Touristen ihre Zeit totschlugen. Es folgte die Meerwassertrinkhalle, wo er noch nie gewesen war. Er konnte nichts mit dem Gedanken anfangen, dieses Wasser zu trinken; betrachtete es lieber in seiner Gesamtheit und Weite, eben als Meereslandschaft. Alles war geschlossen. In der Nebensaison wurde früh zugemacht. Es lohnten sich keine längeren Öffnungszeiten. Am Schluss der Promenade hatte noch ein Kiosk Licht. Nur wenige Gäste standen vor Tischchen. Sie verzehrten die restlichen Fischbrötchen und hatten die Gläser fast geleert. Man war lustig. Breslauer fing Fetzen ihres Geplänkels auf. Es klang ihm fast wie Schreie von Möwen, wenn sie sich um Fischreste stritten.

Er wollte zurück in die Ferienwohnung und suchte die Treppe zur Straße.

Vor dem Einschlafen würde er noch ein bisschen lesen. Vielleicht ein paar Gedanken anstreichen und in seinem Tagebuch notieren, das er nur unregelmäßig führte.

„Erkenne dich selbst"

Das war der Titel des blau eingebundenen Buches, das Breslauer auf dem Tisch in seiner Ferienwohnung bereitgelegt hatte. Er war in der Inselbuchhandlung beim Stöbern auf diese Neuerscheinung seines früheren Bekannten Tabeus Sibyll-Avenaria gestoßen.

Ihn interessierte jegliche Art von Kulturgeschichte. Es regte ihn an, sein früheres Wissen wieder aufzufrischen und Neues dazuzulernen. Der oft zitierte Satz vom Apollon-Tempel in Delphi war nicht grundlos der Titel dieses Buches. Es sollte dadurch gleich zu Beginn deutlich werden, dass es darin um Methoden der Selbsterkenntnis ging, die aus dem historischen Wissensschatz der Antike gewonnen werden konnten. Passend dazu hatte der Verfasser ein Bild der Orakelstätte in die Gestaltung des Buchumschlags mit einbeziehen lassen. Auf dessen Rückseite befand sich ein Foto von ihm selbst: Ein Jüngling mit offenen, schulterlangen schwarzen Haaren, auffallend blauen Augen und ebenmäßigen Zügen. Sein Gesichtsausdruck wirkte nicht nur beherrscht, sondern vollkommen emotionslos. Was beim Betrachter den Eindruck hervorrief, das Antlitz einer Marmorbüste vor sich zu haben.

Es war dem Gelehrten wieder mal gelungen, sich mit der Sache, die ihn gerade beschäftigte, vollkommen zu identifizieren. Sodass er auch im Habitus und Aussehen, ja sogar bis zu einem gewissen Grade in seinem Wesen, mit dem Gegenstand seiner Untersuchung, dem antiken griechischen Gott, zu einer Einheit verschmolz. Der bezog seine Lebendigkeit von Sibyll-Avenaria, seinem schriftstellerischen Gestalter. Er war es, der Apollon in seiner Darstellung und darüber hinaus in den Gedanken seiner Leser beseelte, so dass er für sie nach über zwei Jahrtausenden wieder erfahrbar wurde.

Apollon war der Sohn des Göttervaters Zeus und der Nymphe Leto und unter anderem der Gott der Sportler und Musiker. Zur Bedeutung seines Namens fand Breslauer eine Vielfalt von Erklärungsversuchen. Eine davon überzeugte ihn am meisten. Sie wurde schon von Sokrates und anderen Philosophen vertreten und bedeutete: „**Keiner von vielen**". In der Regel bezeichnete der Name einer Gottheit sein Wesen. Also das, worauf es ihm besonders ankam. Bei Apollon lag der Akzent auf das Besondere und Elitäre. Deshalb war er auch der Gott der Eliten, der auserwählten Siegenden. Derjenigen also, die in ihrer Disziplin Höchstleistungen erbrachten. Das waren seine Jünger und Gläubigen. Die Leute, mit denen er sich gern umgab. Von Mittelmäßigen und Verlierern aber distanzierte er sich erbarmungslos und konsequent. Mit Losern wollte er nichts zu tun haben. Er war eben der Gott der Auserwählten, die „**keine von vielen**" waren, weil sie die Spitze der Elite ihres Faches und Disziplin bildeten. So wie auch er **kein Gott der vielen** sein wollte.

Deshalb duldete er auch keinen Konkurrenten neben sich.

Man erzählte im alten Griechenland, dass einmal ein Fabelwesen, das halb Mensch und Ziegenbock war, ein Satyr namens Marsias, sich mit Apollon in der Kunst des Musizierens messen wollte.

Der Satyr galt als großer Virtuose auf der Flöte. Aber er beging einen unverzeihlichen Fehler. Nicht allein darin, dass er sich für einen besseren Musiker als Apollon hielt, der das vornehmste Instrument der damaligen Zeit, die Kithara, beherrschte, sondern dass er so naiv war, zu glauben, dass sich ein Gott gleichrangig auf einen Wettstreit mit ihm einlassen würde. Die Sache ging nicht gut aus. Apollon kannte kein Erbarmen und häutete den Konkurrenten. Eine grausame Strafe, die mit langsamem schmerzhaftem Tod endete. Die Moral von der Geschichte: Wenn du einen geringeren Stand als die Götter hast, solltest du aufpassen, dich mit ihnen zu vergleichen. Du wirst dann schnell den Kürzeren ziehen, und das kann eine sehr schmerzliche Erfahrung sein.

Doch die Einzigartigkeit, die bei Apollon im Namen anklingt, schien sich mehr auf seine Rolle innerhalb der ihm untergebenen Schutzbefohlenen zu beziehen als auf seinen Stand innerhalb der Hierarchie der Götter des Olymp. Dort war der mächtigste Herrscher natürlich Zeus. Ihm waren alle anderen Gottheiten unterstellt. Der im Namen mitschwingende elitäre Anspruch rührte vielleicht daher, dass Apollon und der Sonnengott, der mit seinem Wagen von morgens bis abends den Himmel entlangfuhr, vielleicht einmal im Bewusstsein der Menschen **eine** Gottheit gewesen waren.

„Eine interessante Figur, dieser Apollon", dachte Breslauer. Gerechtigkeitshalber musste er zugeben, dass auch Jahwe, der Gott der Bibel einen elitären Anspruch vertrat. Die Entwicklung in der Religionsgeschichte kam ihm allerdings entgegen. Denn die gesamte antike Götterwelt verlor im Laufe der Zeit immer mehr an Bedeutung, um schließlich der monotheistischen Idee von dem **einen Gott** Platz zu machen.

Der nächtliche Denker legte das Buch beiseite. Er wollte sich noch ein paar Notizen machen. In letzter Zeit brauchte er zusehends häufiger Gedächtnisstützen. Die zahlreichen Deutungen des Namens „Apollon" legten also die Vermutung nahe, dass dieser Gott eine längere Überlieferungsgeschichte hinter sich hatte. Von den unterschiedlichen Zuschreibungen, die seine Persönlichkeit im Laufe der Jahrhunderte geformt hatten, blieben einige an ihm hängen. Sie bereicherten sein göttliches Wesen auch noch in späteren Zeiten. Machten ihn aber auch zu einem durchaus widersprüchlichen Charakter.

Breslauer dachte an eine Episode, die er früher häufiger in seinen Predigten erzählt hatte:

Ein Astronaut wurde nach seiner Rückkehr zur Erde gefragt: „Sagen Sie mal, haben Sie auf Ihrer Reise Gott getroffen?" Er musste es verneinen, obwohl er sich an viele besondere und eindrucksvolle Momente auf seiner Fahrt durch das All erinnerte.

Man kann natürlich darüber nachdenken, wie er sich Gott überhaupt vorgestellt hatte. Denn, wenn man jemanden erkennen will, muss man ja ein gewisses Bild von demjenigen haben, nach dem man sucht. Vielleicht dachte er an einen alten weißhaarigen Mann mit langem Bart, der ihm freundlich durch das Fenster in der Rakete zuwinken würde. Solchen Mann hatte er nicht getroffen. Doch, wie stand es mit den Gefühlen und Eindrücken, die er auf seiner ungewöhnlichen Reise gehabt hatte? War vielleicht darin mehr von Gott zu erkennen als der Astronaut ahnte?

Breslauer war kürzlich durch einen Artikel in einem theologischen Fachblatt auf das uralte Problem der Abwesenheit Gottes gestoßen. „Warum kann man Gott eigentlich nicht sehen?", fragte er sich. In verschiedenster Weise hatte er sich schon oft diese Frage in seinem Leben gestellt. Angeregt durch das Buch seines berühmten Kollegen war sie jetzt wieder aufgetreten. Hatte die Offenheit dafür vielleicht etwas mit seiner eigenen Lebenssituation zu tun, die nun stärker als noch vor Jahren geprägt war durch Alter, Krankheit und empfundener Begrenztheit seiner Lebensspanne?

Er verspürte keine Müdigkeit. Eher schienen die Lebensgeister, die ihm normalerweise fehlten, zurückgekehrt zu sein. Breslauer, der Pastor im Ruhestand, schwelgte in seinem Element, und das tat ihm gut.

Aber verleihen wir seinen Gedanken eigene Worte, im Wissen darum, dem Gegenstand „Gott" sicher viel schuldig zu bleiben.

„Ich glaube, dass die Götter ihre eigene Welt haben. Möglicherweise in einer Dimension, die sich unseren Sinnen entzieht. Die wir vielleicht nur als ein Nichts wahrnehmen. Als ewige Unverständlichkeit, die wir wissenschaftsgeprägten Menschen gerne ignorieren. Wie überheblich erscheint es mir, zu glauben, dass sich die Welt mit allem, was sie umgibt, allein uns Menschen objektiv erschließt. Sieht nicht jedes Lebewesen seine eigene Welt? Es nimmt Bereiche wahr, die wir nur erahnen können und die uns ohne technische Hilfsmittel verschlossen bleiben. Und auch, wenn wir uns durch Fernrohre und Mikroskope wissenschaftlich Zugänge verschaffen, so bleibt doch alles im Rahmen unserer menschlichen Möglichkeiten und Denkstrukturen, was wir aus dieser Erkenntnis gewinnen. Könnte das Nichts nicht das total Andere sein? Der tote Winkel im Denken? Der Bereich für den uns die Sinne fehlen. Für uns ist da nichts. Aber vielleicht begreifen wir diese dunkle Dimension nur nicht. So, wie ein Kind nicht versteht, dass sich der Horizont beim Näherkommen verschiebt. Man kann ihn nicht erreichen, auch wenn man noch so sehr in seine Richtung läuft, fährt oder sich sonst wie fortbewegt.

Es erstaunt mich jedes Mal, wenn ich meine kleine Taschenbibel anschaue. In diesem unscheinbaren Buch sind Menschheitserfahrungen von Jahrtausenden enthalten. Diese Blättersammlung birgt ein kollektives Gedächtnis. Erfahrungen verschiedenster Art mit einer schwankenden, sich verändernden Realität. Erfahrungen von Geborgenheit und Gefährdung, von Liebe und Verzweiflung, von Halt und Ausweglosigkeit begegneten Menschen auf längeren oder kürzeren Wegen durch ihr Leben in unterschiedlichen Zeiten und historischen Konstellationen. Immer wieder eröffnete sich ein neuer Horizont. Etwas, das vorher Unmöglichkeit war, konnte für bestimmte Personen plötzlich in ihrem Leben zu einem Etwas mit Konturen und Umrissen werden. Und bekam für einen Zeitraum, manchmal nur für einen Augenblick, für diese Leute Lebensrealität. Zur Rettung, zur Chance, zum Weiterleben. Das Glück kam aus dem

Nichts, manche sagten vielleicht aus dem Himmel.

‚Im Nichts wohnt Gott'. denke ich. Aber wenn dieses Nichts Konturen bekommt, hört es auf, ein dunkles Vakuum zu sein. Es wird dann zu einem Ereignis, wenn nicht sogar zu einer neuen Lebensgrundlage. Ich denke an den Anfang einer Gesangbuch-strophe, wo es heißt, Gott will im Dunkeln wohnen und hat es doch erhellt...' In diesem Nichts der Dunkelheit ist der Raum, in dem das Göttliche anwesend ist. Das Nichts birgt es.

Mir fällt das Symbol der Thora-Rollen ein, die im Jerusalemer Tempel im Unzugäng-lichsten, im Allerheiligsten, aufbewahrt wurden. Diese Rollen enthielten das Gesetz Gottes, die Gebote. Wenn der Priester ein-mal im Jahr das Allerheiligste betrat, fand er nur dieses aufgeschriebene Gesetz des Mo-se vor. Aber Gott selbst war auch dort im Al-lerheiligsten nicht zu treffen. Nur in dem Wort dieser alten Rollen der Überlieferung hatte sein Wesen Gestalt gewonnen. Sie waren wesentlich für die Menschen, die nach ihm fragten. Wie es auch heute noch die Erfahrung derjenigen ist, die Gott in Freud und besonders auch in Leid und Not suchen. Sie fragen dann: ‚Wo bist du?' Wa-rum zeigst du dich nicht?' Und es bleibt still. Ein erdrückendes vernichtendes Stillsein, als wäre alle Hoffnung nichts. Momente, wo man nachts nicht schlafen kann. Wo man nur den eigenen Atem spürt und das Ticken des Weckers hört oder das Knacken des Holzes irgendwo im Gebälk. Sonst nichts. Keine Antwort auf verzweifeltes Fragen, auf Leid, Krankheit und Not.

Dann stelle ich mir vor, dass in dieser Dunkelheit doch etwas ist, zu dem ich Gott sage, und ich seine Gegenwart, nur glauben kann. Weil das die einzige Möglichkeit für mich ist, um ihn zu erkennen, wenn mir die notwendigen Sinne fehlen."

Der Tisch war seine Ablage für Kleinigkeiten: Einige Päckchen Papiertaschentücher. Die Federtasche mit verschiedenen Stiften und Kugelschreibern. Der Trockenrasierer und das Tablet. Diese Wohnung hatte wenigstens W-LAN, wenn auch nur ein langsames, für die allerwichtigsten Dinge. Er schwitzte. Fand es überheizt und drehte das Ventil auf null. Es würde bei den für diese Jahreszeit zu milden Temperaturen bis zum frühen Morgen schon ausreichend warm bleiben. Auch die Schrankbetten waren nicht jedermanns Sache. Sie verschwanden bei ihm tagsüber wieder in den Schränken. Auch sonst richtete er die Ferienwohnung nach jeder Nacht vernünftig her. Das brauchte er für ein gutes Lebensgefühl. Für ein Nickerchen tagsüber reichte das kurze Sofa. Selbstverständlich gehörte zur Einrichtung auch ein Fernsehgerät. Durch einen Schwenkarm war es möglich, überall im Zimmer das Programm zu verfolgen. Doch er benutzte das Gerät höchstens mal zum Sehen der Tagesschau. Um die Dinge in der Welt nicht aus den Augen zu verlieren. Oder zum Zeit-Totschlagen, wenn er überhaupt nicht einschlafen konnte.

An der Wand hing ein stattliches Bild, das er gern betrachtete. Es stammte aus den Anfängen der Fotographie und zeigte Fischer, die ihre Netze flickten. Breslauer fand, dass es schien, als wäre diese Beschäftigung für sie das Wichtigste auf der Welt. „Ein gutes Beispiel für das Ideal einer Einheit zwischen Mensch und Aufgabe", fand Breslauer.

Vor dem Zubettgehen schaute er noch einen Augenblick aus dem Fenster. Danach wollte er die dicken Vorhänge zuziehen, damit er vom Mondlicht nicht um seinen Schlaf gebracht wurde. In einiger Entfernung erstreckte sich die Seepromenade. Sie wirkte verlassen. Die Laternen sahen wie aufgereihte gelblich glänzende Perlen aus. Das Meer hatte nur schwache Brandung. Doch in Abständen heulte der Wind auf. Dann begannen die wenigen Gartenstühle, die auf dem Balkon gestapelt waren, zu klappern.

Breslauer zog den Vorhang zu und machte sich für die Nacht fertig.

Bald schon merkte er, dass er nicht einschlafen konnte. Er spürte eine eigenartige Unruhe. Der Wind nahm zu. Es kündigte sich ein Wetterumschwung an. Schon in jüngeren Jahren war er wetterfühlig. Aber in letzter Zeit schien diese Abhängigkeit von den Witterungsverhältnissen bei ihm zugenommen zu haben. Lag es an seinen Medikamenten? Oder einfach nur daran, dass er in den Jahren war, wo man immer weniger überzeugende Erklärungen für Unregelmäßigkeiten der Gesundheit und des körperlichen Befindens akzeptieren musste. Man rettete sich dann gern mit einer simplen Erklärung, die das Thema in der Regel zum Abschluss brachte. Man sagte: „Das ist alles das Alter. Man ist eben nicht mehr der Jüngste."

Hin und wieder schallten laute Stimmen zu ihm herauf, die er zu überhören versuchte. Ein paar Dinge von Zuhause fielen ihm ein. Seine Frau hatte versprochen, ihm jeden Morgen eine kurze Nachricht an sein Smartphone zu senden. Die las er gleich nach dem Wachwerden. Es war von ihr nett, so wusste sie, dass nichts Schlimmes mit ihm über Nacht passiert war. Und auch er war beruhigter, wenn sie sich gemeldet hatte. Er spürte, dass er heute nicht ohne Tablette einschlafen konnte. Eine halbe würde reichen für einige Stunden erholsamen Schlaf.

Der Traum

Ein Mann stand plötzlich im Zimmer. Er trug einen schwarzen Talar mit Barett. Breslauer kannte sein ernstes entschlossenes Gesicht. Es war der Propst, sein früherer kirchlicher Vorgesetzter. Weitere Gestalten im Ornat tauchten gespenstisch aus der Dunkelheit auf und bildeten einen Halbkreis um ihn. Er schien auf einer harten Bank zu sitzen und spürte die Unbequemlichkeit. Der die anderen an Größe überragende Propst entrollte ein ehrwürdig aussehendes Dokument. Plötzlich schien er ein anderer zu sein. Wo eben noch die dunkle Pastorenkopfbedeckung saß, fielen lange schwarze Haare auf seine Schultern. Sein Gesicht hatte die Züge eines Jünglings angenommen, dessen starre blaue Augen auf Breslauer gerichtet waren. Ein würdevolles togaähnliches Gewand bedeckte die Gestalt des Apollon.

Zwei der Vermummten erhoben aus dem Kreis der Umstehenden ihre Köpfe. Er kannte die beiden. Es waren die Professoren der Urologie und Strahlentherapie der Universitätsklinik. Eine übergewichtige Frau hielt mit verkrampften Händen eine Damenhandtasche wie ein Tablett und machte sambaähnliche Tanzschritte. Darauf lag ein menschlicher Kopf. Breslauer erschrak, als er bemerkte, dass es sein eigener war.

Die Gestalt, die manchmal zwischen Propst und Apollon wechselte und wohl den Vorsitz dieses

Tribunals führte, begann mit einer durchdringenden Stimme:

„Wir haben Sie durchschaut, Arno Breslauer. Sie taten immer nur so, als würden Sie ihren Kopf benutzen. In Wirklichkeit war er total unnütz, weil sie nur in unverantwortlicher Weise nach ihren Gefühlen handelten. Deshalb haben wir Sie zur Kopfabgabe verurteilt und Ihnen Ihren nutzlosen Kopf amputiert. Sie haben es nicht mal bemerkt. Daran sehen Sie, wie recht wir mit unserem Urteil haben, dass Sie Ihren Kopf gar nicht brauchen.

Zwei versierte Mediziner von Weltrang, die Ihnen auch bekannt sein dürften, haben sich freundlicherweise bereiterklärt, die Operation und Nachbehandlung im Handumdrehen auszuführen. Die Kopfentnahme ist ja schon erfolgt, ohne dass Sie davon etwas mitbekommen haben. Die Wirkungskräfte arbeiten im Nichts, so dass Sie äußerlich nichts spüren. Sie haben Ihren Kopf ja eben schon gesehen. Er wird jetzt einem anderen Träger zugeführt."

Breslauer zitterte und rief: „Was geschieht mit mir?"

„Ach, ich dachte, dass ich das auch für Kopflose schon einleuchtend genug erklärt hätte. Sie bekommen einen neuen Kopf. Glücklicherweise haben Sie einen berühmten Fürsprecher, dessen Wort in unserem erlauchten Kreis großes Gewicht hat. Professor Tabeus Sibyll-Avenaria hat sich zur Kopfspende bereiterklärt." Eine auf einmal an Größe zunehmende Gestalt zog Breslauers Aufmerksamkeit auf sich. Ihre Kapuze hing schlaff bis zum Stehkragen herunter. „Da ist kein Kopf mehr drauf", stellte Breslauer fest. Und der Gedanke, dass dieser kluge Mensch nun kopflos war, befriedigte ihn.

Der Leiter des Tribunals setzte seine Rede fort.

„Professor Avenaria wird gleich wieder einen Kopf haben, und zwar den Ihren. Und Sie, lieber Bruder Breslauer", der Propst gebrauchte auf einmal die geschwisterliche Anrede, „werden sich mit dem seinen zufriedengeben müssen. Ich denke, Sie haben damit einen guten Tausch gemacht. Denn das Ganze ist ein Tauschgeschäft. ‚Meinen Kopf für deinen Kopf'. Wenn Sie meinen, dass es kein gleichwertiger Tausch ist, haben Sie sicher recht. Aber Dr. Avenaria ist der Meinung, dass er die Unvollkommenheiten Ihres Kopfes mit seinen Fähigkeiten in den Meditationstechniken ausgleichen könnte."

Breslauer fragte: „Warum passiert das alles mir? Gibt es darauf eine Antwort des Tribunals?"

„Natürlich", antwortete der Vorsitzende. „Sie haben ja immer nicht bekommen, was Sie eigentlich wollten. Haben also in Ihrem Leben keine Erfüllung gefunden. Wir meinen, diese permanente Unzufriedenheit hat etwas mit Ihrem Kopf zu tun. Da sind zu viele Flausen drin, die Ihnen etwas vorgaukeln.

Im Gegensatz zu Ihnen hat Professor Avenaria durchweg das bekommen und erreicht, was er wollte. Er hat bei seinen zahlreichen wissenschaftlichen Interessen und Beschäftigungen die jeweilige Disziplin immer so gründlich betrieben, dass er darin aufging und Erfüllung finden konnte.

Aber die Zeit drängt, meine Herren Professoren, beginnen Sie mit der abschließenden OP. Möge Apollon mit Ihnen sein."

Breslauer wälzte sich in seinem Schrankbett hin und her. Stöhnte plötzlich auf. Er war mit dem Kopf an die Holzkonsole gestoßen, die zum Bettenschrank gehörte.
Beim Zähneputzen blickte er sich länger als sonst im Spiegel an, als wäre er sich über Nacht fremd geworden.

Frühstück wie bei Muttern

Johanna wünschte ihrem Mann einen guten Morgen per Handybotschaft. Sie berichtete, dass sich sein Inselwetter ändern würde. Die windstille Periode sei nun vorüber. „Wurde ja auch mal Zeit", dachte Breslauer. „Eine deftige Brise und ein bisschen Regen gehören ja eigentlich zum Herbst und zur See dazu."

Bald darauf meldete sich sein Magen. Nach solcher Albtraum-Nacht brauchte er einen starken Kaffee, zwei halbe Brötchen mit Zwiebelmett und Ei und vielleicht auch noch eine Scheibe Graubrot mit Orangenmarmelade. Das alles gab es in einer Motel-Gaststätte. Sie lag nur einige Minuten von der Ferienwohnung entfernt. Er hatte noch in Erinnerung, dass dort schon früh geöffnet wurde. Der kurze Fußweg in der Morgenluft erfrischte den alten Mann, und er spürte Ansätze von Tatendrang.

Ein Neonschild mit einem blinkenden „Geöffnet" animierte zum Einkehren. Doch zu grelle Lichterketten an den Fenstern ließen nur schwer ein Gefühl von Heimeligkeit aufkommen. Es war eben nur eine Raststätte zum kurzen Verweilen. Nicht für Trucker mit großen Lastern, die gab es selten auf dem Eiland. Aber für kleinere Zulieferer. Monteure und Handwerker kehrten schon mal vor Beginn der Arbeit auf die Schnelle ein. Oder übernachteten hier, wenn es nicht anders ging, und man abends nicht mehr wegkam.

Der Schankraum war klein. Den meisten Platz beanspruchte die Biertheke. Die Regale an den Wänden waren überladen mit Gartenzwergen in allen Variationen. In vergilbten Gardinen hingen Hexenpüppchen auf Besen. Gerahmte Poster mit amerikanischen Straßenkreuzern und Motorrädern zogen Breslauers Blicke ebenfalls auf sich und drückten selbstbewusst die Passion des Hauses aus.

In diesem sinnenfreudigen Raum saß meistens schon früh irgendein Gast an der Theke. Entweder im blauen Overall oder in Jeans mit T-oder Sweatshirt. Diese Repräsentanten der Gattung „Mann" wechselten mehrmals am Tag. Sie holten meistens beim Sprechen mit der Bedienung weitschweifig aus. Die Frau schien es zu verstehen, die Männer zum Reden zu bringen. Schon beim Reinkommen vernahm Breslauer ihr Gelächter in verschiedenen Klangfarben. Je nachdem, wie viel Witz der jeweilige Gast seinen Erzählungen beimischen konnte - und wie sympathisch sie ihn fand. Er berichtete sicher von Sachen und Ereignissen, die er erlebt hatte. Von kleineren Missgeschicken und größeren Ärgernissen. Aber höchstwahrscheinlich auch davon, wie er schließlich alles gemeistert hatte, mit Geschick und mit Glück. Irgendwann lachten beide zusammen. Und das Leben stimmte wieder, wenn vielleicht auch nur in diesem Moment.

Breslauer hatte freundlich gegrüßt. Auf Hochdeutsch, obwohl er wusste, dass man hier „Moin" sagte. Aber er vergaß es immer wieder, weil ihm dieser friesische Gruß auch nach Jahren noch fremd war. So beließ er es bei „Guten Morgen" und dachte sich mehr als sonst dabei.

Der anschließende Gastraum war mit schweren rustikalen Möbeln ausgestattet. Gleich vorn etwas abseits befand sich ein reichhaltiges, deftiges Frühstücksbüffet.
Breslauer suchte dafür nach Ausdrücken. „Es ist wie bei Muttern", dachte er. „Wie bei Muttern, wenn sie gute Laune hat und vielleicht sagt: ,Junge, iss mal. Du musst groß und stark werden!'"
Verschiedene Brötchen mit Butter und Zwiebelmett oder Eierscheiben belegt, lagen in einfachen Suppentellern. Oder Sandwiches mit einem großen Salatblatt, viel Mayonnaise und irgendwas Fleischigem darin. Breslauer hielt sich lieber an die Brötchen. Man konnte sich auch was anderes als Aufstrich aussuchen. Zum Beispiel Marmelade, Honig oder Nutella. Zum Schluss landete man bei der Kaffeemaschine. Hier hatte sich Breslauer beim ersten Mal gewundert, dass er statt Kaffee nur heißes Wasser bekam. Er hatte damals in völligem Unverständnis für Technik den falschen Knopf gedrückt. Diesmal klappte es besser. Man hatte an der Maschine einen Heftpflasterstreifen geklebt, auf dem mit Kugelschreiber ein Pfeil gemalt war, der auf den richtigen Knopf für Kaffee zeigte. So konnte auch Breslauer kaum noch was falsch machen.

Er hatte sich noch nachträglich für Rührei mit Schinkenwürfeln entschieden. Ein kräftiger, an den Armen stark tätowierter Mann, dessen Haare mit einem dunklen cool gebundenen Tuch bedeckt waren, nahm die Bestellung entgegen. Dabei konnte der Gast einen kurzen Blick in die Küche werfen.Dort stand auf jeder freien Fläche schmutziges Geschirr herum, was Breslauer, der in Ordnungsdingen sehr genau war, ziemlich erschreckte. Schließlich ging man zur Kasse, für die ebenfalls die freundliche Bedienung vom Biertresen zuständig war. Sie hatte ihr Thekengespräch unterbrochen und lief eilig herbei, um die Rubriken von Breslauers Frühstück einzutippen. Hier im Motel-Restaurant war sie wohl für viele Dinge zuständig; eine Art Mädchen für alles.

Breslauer stellte sein schweres Tablett auf einen Tisch an der Wand. In seinem Blickfeld hing die Kopie eines berühmten Bildes von Feuerbach, das er schon mal im Original in einer Ausstellung in Hamburg gesehen hatte. In diesem Raststätten-ambiente wirkte es, wie vom Flohmarkt. Der Maler stellte oft kräftige dunkelhaarige Frauentypen dar. Dass es sich dabei um die Ehefrau des Künstlers handelte, die jahrelang sein Modell war, hatte unser frühstückender Betrachter mal gelesen. „Er hat seine Frau wohl sehr in Beschlag genommen, aber vielleicht hat sie es auch gern gehabt, von ihm gebraucht zu werden. Jeder lebt doch auf, wenn er spürt, dass er für den anderen wichtig ist", resümierte Breslauer.

Sein Blick streifte die anderen Tische. Ein paar ältere Männer, die den Eindruck machten, als hätten sie nicht ständig das Glück, ein eigenes Zuhause zu haben. Einige Handwerker, die sich kurz vor Arbeitsbeginn noch stärken wollten. Zwei oder drei Frauen, die sich offensichtlich eine Menge zu erzählen hatten. Eine Seniorin mit Gehwagen war wohl lange nicht hier gewesen. Sie schien von einer Krankheit genesen zu sein und wurde von besagter Dame, die für vieles zuständig war, überschwänglich begrüßt.

Breslauer ließ die Eindrücke einfach kommen und gehen. Es war ein ähnliches Gefühl wie am Meer, wenn die Brandung bis zu einem gewissen Punkt herankam und dann langsam wieder zurückfloss. Hier wie dort war er nur Beobachter und für nichts zuständig, das entspannte ihn.

Die rührige Frau hatte Breslauers Interesse geweckt. Sie war die einzige Bedienung im Restaurant, wenn man von dem tätowierten Riesen in der Küche absah. Er hatte sie bei seinen früheren Besuchen eine Zeit lang für die Besitzerin gehalten. Es machte auf ihn Eindruck, wie freundlich und einfühlsam, sie mit den Gästen umging. Der Pastor im Ruhestand wurde dabei an Martin Luther erinnert, der gesagt haben soll:

„Der Herr muss selber sein ein Knecht,
will er im Hause schaffen recht;
die Frau muss selber sein die Magd,
will sie im Hause schaffen Rat."

Sie war eine auf jung getrimmte Lady. Man konnte
sie sich gut auf dem Beifahrersitz eines Trucks
oder auf dem Sozius eines Motorrads vorstellen.
Breslauer sinnierte, dass sie jemand sein könnte,
der nicht immer im Leben Glück gehabt hatte.

Er fragte sich oft, woher es kam, dass er sich im
Kreis von Leuten, die eine einfache Jeans der fei-
neren Hose vorzogen, wohlfühlte. Natürlich hatte
es etwas mit seiner Herkunft und seinem Eltern-
haus zu tun. Das ja gar kein Haus war, sondern ein
Frachtschiff. Ein **Elternschiff** sozusagen. Mit dem
er sich aber bis zur Verschrottung, auf die wir hier
nicht eingehen wollen, innerlich verbunden fühlte.
So war es bei Breslauer nicht verwunderlich, dass
er, nachdem er in die Jahre gekommen war, häufiger an seine Schifferzeit dachte. Und dabei vielleicht manches idealisierter oder greller darstellte,
als es in Wirklichkeit gewesen war.

Aber am besten erzählt es Breslauer selbst:

> „Dort an Bord zog man alte Klamotten an.
> Jeans gab es in den Jahren, als ich Kind war,
> noch nicht. Die kamen erst später in Mode.
> Ich trug, wenn ich meinen Eltern bei der Ar-

beit helfen musste, alte verschlissene Hosen und vom vielen Waschen grau gewordene Hemden. Wenn wir mit dem Motorschiff in irgendeinem Hafen, vielleicht in Hamburg, Berlin oder Ruhrort ein bisschen länger den Landesteg liegen hatten, suchte mein Vater nach Abwechslung. Auch ein Binnenschiffer wollte mal was anderes sehen und hören als: Anlegen, Festmachen, Steuern, Maschine abschmieren, Ladeluken aufdecken, Schiffspapiere abholen oder warten auf Ladung. Das kann ich gut nachvollziehen. Zu viel Trott, auf den man keinen Einfluss hat, lässt die Seele verkümmern.

Weil die Schiffer von körperlicher Arbeit und Fahrensstress geschafft waren, lenkten sie sich in der Nähe ab. Man ging nicht ins Kino oder ins Theater oder sogar in ein klassisches Konzert. Das war bei den meisten zu weit weg vom Schiff und wohl auch von dem, was sich ein Kapitän oder Matrose als Abwechslung vorstellte. Man ging eher einen trinken.

In jedem Hafen gab es irgendeine Kneipe. Da machten sich an der Theke ähnliche Typen wie hier im Motel-Restaurant zu schaffen. Leute, die stundenlang Bier zapften und Köm ausschenkten. Die unablässig benutzte Gläser spülten und währenddessen sich an den Gesprächen der Gäste beteiligten. Die

Satzfetzen, die sie dazu beitrugen, hörten sich dann so an:

‚Meinst du?' oder ‚Na, wenn das man stimmt.'
Und auf die darauf folgende beleidigte Äußerung des Aufschneiders sagten sie versöhnlicher:
‚Nichts für ungut, Meister.'

Die Wirtinnen spielten auch eine wichtige Rolle. Sie waren häufig Frauen im gesetzten Alter. Vielleicht etwas korpulent und mit stark gefärbten Haaren. Dass sie sich auffälliger schminkten, gehörte auch zum Geschäft. Ihre Art tat vielen Gästen gut. Und hinter vorgehaltener Hand sagte auch schon mal der eine zum anderen: ‚Die Frau Wirtin ist in Ordnung! Auf die lass ich nichts kommen.'
Die Musikbox spielte. Zuerst hatte der Wirt zum Anreiz ein paar Stücke spendiert. Danach machten sich andere immer häufiger auf den Weg zu dieser Musikmaschine. Man warf fünfzig Pfennig oder eine Mark in den Schlitz, um auch das eigene Lieblingsstück mechanisch auflegen zu lassen, Was dann bald das gleiche war, das schon vorher ebenfalls irgendeiner ausgesucht hatte.
Man aß Bockwurst mit Weißbrot. Oder bestellte einen Teller Erbsensuppe oder nur

eine Tasse Hühnerbrühe vom Würfel. Oder, wenn man ein bisschen mehr Geld ausgeben wollte, Kotelett mit Kartoffelsalat."

Das waren Breslauers Erinnerungen. Gefühlreste aus seiner Kindheit stellten sich ein. Hier in diesem Motel im Industriegebiet seiner Urlaubsinsel. Er war eben auf dem Trip des Erinnerns.

Bei der Morgenlektüre

Der Kaffee im Motel war natürlich nicht mit dem im „Harlekin" zu vergleichen. So gemütlich war es dort auch nicht, dass man einen größeren Teil des regnerisch und stürmisch gewordenen Vormittags mit dem Blick auf die Bahngleise verbringen mochte. Deshalb war jetzt für Breslauer die Zeit gekommen, einen Ortswechsel vorzunehmen.

Morgens las er gern in Ruhe eine Tageszeitung. Nach Möglichkeit eine, die er zu Hause nicht hatte. Johanna und er schworen schon seit Jahren auf den „Münchener Tag". Manchmal musste er sich bei Bekannten dafür rechtfertigen, dass sie keine Hamburger Zeitung bezogen. Dann begann er mit seiner Apologetik, dass eben gerade bei dieser Tageszeitung der Kulturteil einer der besten aller deutschsprachigen Druckerzeugnisse wäre. „Außerdem vertreten sie dort auch politisch annähernd unsere Meinung", legte er gern nochmal nach. Daraufhin waren die Fragenden still.

Johanna konnte es morgens kaum erwarten, dass die Zeitung im Briefkasten steckte. Sie stürzte sich sofort auf die Rätselseite. Die Sudokus hatten es ihr besonders angetan. Nach einiger zum Erfolg führender Konzentration wandte sie sich weiteren Rätselaufgaben zu. Dachte „quer" und knobelte herum. Sie war in dieser Phase ihres geistigen Trainings so versunken, dass sie die Welt um sich herum vergessen hatte. Breslauer dagegen versuchte diesen ganzen Rätselkram erst gar nicht. Hatte immer was anderes zu tun, das er wichtiger fand. Zum Beispiel konnte er eine ganze Weile damit zubringen, ein bestimmtes Buch zu suchen. Es war wie verhext. Er wusste genau, wo es eigentlich stehen müsste. Sah den dunkelblauen Leineneinband deutlich vor sich. Nach seiner Meinung stand es im Regal an der Stelle: drittes Buch von links. „Johanna!", rief er dann laut, weil er die Sportschau, die seine Frau gerade zu sehen vorgab, übertönen musste. „Johanna, hast du mein blaues Buch gesehen? Du weißt doch, in dem ich schon so lange lese. Den dicken Band von Knut Hamsun?" Keine Antwort. Er etwas lauter: „Mein Buch?" Keine Antwort. Der Fernseher berichtete von irgendeinem Fußballspiel, das Breslauer nicht kannte und das Johanna wohl gerade auch nicht sehr interessierte. „Ach, löst du wieder Kreuzworträtsel?" Für ihn gehörten fast alle Rätsel zu dieser früher einmal sehr unterhaltsam gewesenen Kategorie. „Nein, Sudoku." „Ach. Da ist ja mein Buch. Das ist ja ein Zufall", tönte es begeistert vom Bücherregal her. Dann folgte ein erregt gesprochener Satz. „Du, das Buch von Hamsun ist gar nicht blau. Es ist gelb und steht beim Duden. Wer das da wohl hingestellt hat? Man ist doch schon tüdelig."

Hier auf dem Eiland las er fast täglich eine andere Zeitung. Einfach zur Unterhaltung, ohne größeren höheren Anspruch.

Einige Leute saßen schon auf der Terrasse. Manche hatten sich eine Decke über die Knie gelegt. Mehr als Breslauer gedacht hatte, frönten dem Rauchen. Es waren sogar Pfeifenraucher darunter, was in der heutigen Zeit schon was heißen wollte. Ganz selten sah man auch mal einen Gast, der alle mit einer dicken Havanna ausstach. Aber das war dann wirklich etwas ganz Besonderes.

Es gab hier natürlich neben Breslauer auch andere Zeitungsleser, die auf gedrucktes Weltgeschehen nicht verzichten wollten. Sie hielten ihr Lieblingsblatt wie einen Schild vors Gesicht und kämpften gegen Windstöße an, die wie immer wiederkehrende Störenfriede kaum eine Minute die Blätter ruhig in den Händen der Lesenden belassen konnten.
Breslauer freute sich ebenfalls auf das nebenan im Kiosk gekaufte Lesevergnügen. Aber er brauchte zum Lesen Ruhe. Deshalb suchten seine Augen das Plätzchen am Einzeltisch neben dem Zirkusharlekin. Er hatte Glück, dort saß keiner. Die anderen Gäste bevorzugten die Terrasse mit Straßenblick oder den vorderen Teil des Lokals, der ebenfalls nicht weit vom Geschehen der Fußgängermeile entfernt war.

So saß er also bei einem Becher Kaffee und meditierte erst einmal die Überschriften. Doch schnell blätterte er weiter und landete beim Feuilleton und den Buchbesprechungen. Es erinnerte ihn an eine Tsunami-Welle, was da alles an Massen auf den Markt gespült wurde. Die Buchindustrie versuchte auch die ausgefallensten Neigungen und Geschmäcker der Leserschaft abzudecken. „Es ist heutzutage gar nicht so einfach für gute Verlage, sich vom Markt nicht unter Druck setzen zu lassen", fand Breslauer,

Immer mal wieder blickte er von der Lektüre auf. Sah auf die Straße, die sich allmählich belebte. Das Kaufhaus hatte aufgemacht. Auch aus den Arztpraxen kamen Patienten, die ihre Termine absolviert hatten und nun bei Cappuccino oder Kaffee sich entspannen wollten. Manche von ihnen konnten der Versuchung nicht widerstehen und bestellten schon am Vormittag ein Stück Torte. Man klönte miteinander, war einheimisch und kannte sich. So groß war die Insel eben dann auch nicht. „Ein Stück wohltuende Menschlichkeit auch hier", fand der Ruheständler. In letzter Zeit sehnte er sich häufiger nach der heilen Welt. „Vielleicht braucht man das stärker im Alter ", war seine Erklärung. Dass es hier im Ort Fachärzte gab, vermittelte ihm ein sicheres Gefühl. Es gab sogar einen Urologen. Zum Glück hatte er den hier noch nicht aufsuchen müssen.

Nach dem Kaffee genehmigte er sich einen Rotwein und ein Stück Apfelkuchen. Er wollte noch etwas bleiben. Und meinte dazu erst durch eine weitere Bestellung legitimiert zu sein. Es reizte ihn, durch die Fensterscheibe weiter anderen zu-zusehen, wenn sie auf der Straße ihre Wege und Gänge machten und dabei ein Stück ihres Lebens offenbarten. Außerdem konnte er sich länger unter den anderen Gästen, als einer von denen fühlen, die häufiger kamen. Kaffee und Wein tranken, eine Zeitung durchblätterten und dasaßen - einfach nur so.

Auf dem Nachbartisch lag das Werbeblatt für die Insel. Kurze Berichte über gewesene und geplante Veranstaltungen. Über die Menschen, die hinter den Events standen. Und natürlich seitenweise Werbung für die bevorstehende festliche Zeit. Er las mit Interesse, was auf dem Eiland in diesem Jahr alles von Vereinen und Organisationen auf die Beine gestellt wurde.

Sein Blick fiel dann auf eine halbseitige Ankündigung, die von einer Girlande aus vielen winzigen Weihnachtsbäumen umsäumt wurde.

In der ersten Adventswoche
von Montag, ... 20.. bis Mittwoch, ... 20..
findet in der Bildungsstätte Sandkuhle
Sandkuhlenweg .., ... Inselstadt

ein multikreativer Workshop
mit dem Thema statt:

„Bringt her eure Sorgen,
bringt her euren Frust
und feiert das Weihnachtsfest mehr mit Genuss"

Eine Einübung zur Sorglosigkeit im Handumdrehen, wie einst in Kindertagen.

Der bekannte Philosoph und Religionswissen-
schaftler Professor Dr.Tabeus Sibyll-Avenaria von
der Universität Freiburg/Breisgau zeichnet für
diese Veranstaltung verantwortlich.

Anmeldung: Bildungsstätte Sandkuhle, Tel.: .....-
....., sowie beim Tourismusverband Inselstadt,
Seepromenade .., Tel.: .....-.....

Breslauer war überrascht, dass sein früherer
Kommilitone aus der lange zurückliegenden Berliner Fortbildung bald hier auf der Insel in Erscheinung treten würde. Sicher hatte ihn der Kultur-
verein schon Monate vorher eingeladen. „Natürlich hat er mit seiner Zusage erst einmal gezögert,
um seine Gewichtigkeit zu unterstreichen", dachte
Breslauer sarkastisch. „Den Veranstaltern dann
klargemacht, dass er es gewohnt ist, ein angemes-
senes Honorar zu erhalten." Avenaria ließ es sich,
nach Arnos Einschätzung, auch nicht nehmen, darauf hinzuweisen, dass er **die** wissenschaftliche
Kapazität auf dem Gebiet der Persönlichkeitsdes-

igne-Erneuerung nach althistorischem Vorbild war.

Breslauer verstand es, sich von Leuten, die er einmal kennengelernt hatte, ein Bild zu machen. wie sie sich in bestimmten Situationen verhalten würden. Meistens lag er mit seiner Einschätzung richtig. Außerdem passierte es ihm nicht selten, dass sie, wenn er an bestimmte Personen dachte, auf einmal auftauchten. Nun vielleicht gerade nicht persönlich. Aber mit Sicherheit auf Fotos, in Büchern oder Zeitungsartikeln, die ihm unterkamen. So fühlte er sich als jemand, der mit einer besonderen Gabe der Wahrnehmung ausgestattet war. Mit so etwas, wie einem dritten Auge, das der Hindu auf der Stirn zwischen seinen natürlichen Sehorganen durch einen roten Farbklecks sichtbar werden ließ.

Leider würde er schon wieder zu Hause sein, wenn diese Veranstaltung stattfand. Aber er besaß noch eine Broschüre mit zusätzlichen Informationen, die er in der Inselbuchhandlung eingesteckt hatte. Daraus ging hervor, dass sich die Preise für diesen Workshop zwischen 450 und 500 Euro bewegten. Wobei allerdings die Übernachtungen mit eingeschlossen waren. Als Vorbereitungslektüre wurde eines der früheren Bücher Sibyll-Avenarias mit dem Titel „Seelenreinigung durch Persönlichkeitsdesign-Erneuerung" empfohlen. Erschienen bei S. & G., Freiburg, 20... Es sollte 35,- Euro kosten.

„Also neben der Seele, die auf dieser Veranstaltung gereinigt werden soll, ist es wohl auch das Portemonnaie, was man einer Reinigung im Sinne von Ausdünnung unterziehen muss", waren Breslauers lästerliche Gedanken.

Die alte Seefahrerkirche

Es hätte dort immer schon eine Kirche gegeben, sagte man. Obwohl man wusste, dass alles einmal Anfang und Ende gehabt haben musste.

Er war in Richtung Südwesten einige Stationen mit dem Linienbus gefahren. Dort ausgestiegen, wo sich die Wege kreuzten. Entweder zum Meer. Wo sich die Möglichkeit eröffnete, an steilen Dünenhängen weiter bis zum Leuchtturm der Südspitze zu wandern. Oder in andere Richtung. Die Dächer und Gebäude von Inselstadt vor Augen. Oder einmal eine ganz andere Tour. Und die nahm Breslauer an diesem etwas bedeckten leicht windigen Tag. Sie führte ihn am Brackwasserbecken vorbei in das Landesinnere nach Osten.

Auf dem ungeschützten Damm herrschte ein stärkerer Südwest, so dass er sich seine Kapuzenbänder fester zog. Als er nur noch die karge Insellandschaft vor sich hatte, verwandelte sich der gepflasterte Weg in einen mit Schotter aufgefüllten Pfad. Die durch Regen und Frost entstandenen Unebenheiten ließen den Wandernden mehr als sonst ins Straucheln geraten. Kleinere Gruppen von Schafen grasten auf Weiden. Pferde auf durch Gräben begrenzten Koppeln. Vögel, deren Namen er nicht kannte, kreisten in Schwärmen über ihm. Sie schienen hierher zu gehören. Wie die bizarren Wolken und der stetige Wind. Und doch waren sie wohl nur zum Ausruhen hier, um Kraft zu schöpfen für den Weiterflug in südlichere Gefilde.

In nicht großer Höhe schwirrten sie über Breslauer hinweg, um einen geeigneten Platz für ihre Landung zu finden. Dort wurden sie schon von anderen Artgenossen erwartet. Häufig erhoben sich einige aus der dunklen Schar. Flogen auf, drehten kleine Runden und landeten wieder. So, als wollten sie erkunden, wie es mit dem Weiterfliegen stand.

Auf einer anderen Wiesenfläche rasteten Graugänse. Sie hatten auf ihrem Flug von Norden nach Süden ebenfalls eine Ruhepause eingelegt. Es wurde geschnattert und voneinander Notiz genommen. Auch hier erhoben sich etliche vom Boden. Zogen Kreise, gesellten sich, als würden sie Bekannte suchen, kurz zu anderen dazu, um irgendwann festzustellen, dass noch nicht alle zum Abflug bereit waren. Also landete man wieder und wartete geduldig oder aufgeregter, bis es losging.

Breslauer löste sich von der interessanten Beobachtung einer für ihn nicht ganz einsichtigen Welt und setzte seinen Weg fort.

Dünkark tauchte in der Ferne auf. Das Dorf mit den weißen Häusern, in denen heute viel Kunstgewerbe betrieben wurde. Oder die eine oder andere Teestube, die zum Verweilen einlud. Allerdings weniger in der Nebensaison. Da galt eben doch das Gesetz des Marktes, das in der Frage gipfelte: ob sich denn das Angebot des Öffnens bei geringer Nachfrage, weil weniger Gäste, überhaupt lohnen würde. Also hatten die meisten Teestuben-, Bistro- und Gastronomiebesitzer ihre Fenster verhängt und die Türen verschlossen. Doch bedankte man sich mit einem freundlich gemeinten Aushang bei den Gästen der vergangenen Hauptsaison und stellte ein Wiedersehen im nächsten Jahr in Aussicht.

Im 18.Jahrhundert lebten in diesem Dorf viele Kapitäne mit ihren Familien. Die meisten hatten es in Jahren harter und gefährlicher Arbeit auf Walfängerschiffen zu einem gewissen Wohlstand gebracht. Über Winter waren sie dann, wenn alles gutgegangen war, mit anderen Seeleuten von Eiland wieder zu Hause und widmeten sich Familie und Freunden. Bis es dann im Frühjahr wieder hinausging in die arktischen Gewässer um Spitzbergen, wo sich viele Wale aufhielten. Diese wurden unter gefahrvollem Einsatz des eigenen Lebens gejagt und von kleinen Booten aus mit der Harpune getötet. Schon auf dem Schiff verarbeitete man sie zu Tran, der in großen Mengen als Energiequelle der Beleuchtung der damaligen Welt diente. Sogar das Skelett dieser Giganten des Meeres wurde noch ausgeschlachtet und verarbeitet. Daraus machte man Kämme und andere Dinge, für die man damals Verwendung hatte.

Breslauer dachte an diese Zeit, als er durch Dünkark ging. Jetzt war es glücklicherweise anders. Schutz und Achtung vor den Geschöpfen waren auf dem Wege zu einer selbstverständlichen Notwendigkeit zu werden. Aber es kam ihm auch der Gedanke, dass im gegenwärtigen Fortschritt ebenso unbekannte Folgen lagen, die man vielleicht erst nach Jahren wahrnehmen und anprangern würde, weil jetzt der Abstand fehlte, und man noch zu wenig davon übersehen konnte. Deshalb sollte man auch im Urteilen über die Fehler und Versäumnisse früherer Generationen Vorsicht und Maß walten lassen.

Er dachte an damals und an diejenigen, die nicht das Glück hatten, auf einem Walfängersegler anzuheuern. Die sich auf einem kargen Acker um ihr tägliches Brot mühen mussten. Oftmals bis an die Grenze des Hungerns. Und an die Frauen, die auf sich allein gestellt waren, wenn ihre Männer länger zur See fuhren. Die in der Zeit ihrer Abwesenheit allein für die Familie sorgen mussten. Fast so ähnlich wie die Kriegerwitwen und diejenigen, deren Männer in Gefangenschaft waren. In diesen Zeiten hatten sie gelernt, vieles allein zu planen und zu organisieren. Einfach, um mit den Ihren zu überleben. Wenn dann die Ernährer wieder zu Hause waren, begann sicher eine besondere, wohl auch konfliktbeladene Zeit.

Allerdings blieben auch manche auf See.

Breslauer dachte an ein Gemälde, das er einmal in einem Museum auf dem Eiland gesehen hatte. Es war ein Seestück, auf dem der Künstler die Rückkehr der Seefahrer dargestellt hatte:

Frauen mit ihren Kindern warteten am Ufer auf das ankommende Beiboot eines in der Ferne kreuzenden Seglers. Es versuchte, beladen mit heimkehrenden Seeleuten, auf der schäumenden Brandung dem Lande näher zu kommen. Bevor es das geschafft hatte, sprangen die Männer behände ab, wo das Wasser flacher wurde. Wohl, damit das Boot gleich wieder gegen die Brandung in Richtung Schoner drehen konnte. Mit kräftigen weiten Schritten eilten sie auf ihre Angehörigen zu.

Eine Frau hielt mit ihren beiden Kindern vergeblich nach dem Ehemann Ausschau. Er war nicht unter den fröhlichen Heimkehrern. Man sah, wie bei den ersten der Männer die Stimmung kippte, als sie die Enttäuschung und Hilflosigkeit der jungen Mutter bemerkten und das nicht Verstehen der Kinder spürten, die sich auf ihren Vater gefreut hatten. Sicher waren sie, trotz der eigenen Freude wieder daheim bei den Angehörigen zu sein, verhalten. Einige werden der vor Trauer erstarrten Frau die Hand gedrückt haben, die Kinder unbeholfen getätschelt.

Man wusste nicht, was mit dem Seemann geschehen war, da bei Spitzbergen. Erst später würde man vielleicht erfahren, wie er umgekommen war

und ein Gebet für ihn in der Seefahrerkirche sprechen.

Breslauer schlug den Weg zum Watt ein. Er verlief
an der Steilküste. Manche Kante der Uferbö-
schung hatte schon öfter der Witterung nachge-
geben. Reste von abgestorbenen Gräsern ragten
in Ufernähe aus dem flacheren Wasser.

Es war Mittagszeit. Im Lande des Gottes Apollon
hätte man gesagt: Jetzt wäre die Stunde des Pan,
der mit seinem Flötenspiel die müden Wanderer
schläfrig werden ließ. Hier war das Klima rauer,
und es war vor allem nicht Sommer, sondern die
Woche vor dem ersten Advent. Da dachte man
auch an einen Gott. Man freute sich auf Jesus, den
Retter und Erlöser, der als Kind in die Welt kommen würde. In dieser Zeit erklangen häufiger als
sonst die Flöten zu den Advents- und Weihnachts-
liedern. Breslauer war festlich gestimmt. Er freute
sich auf die Seefahrerkirche, die jetzt auf einem
Wegweiser angezeigt wurde. Sie hieß eigentlich
Sankt Petrus, weil sie dem Apostel gewidmet war.
Doch im Volksmund nannte man sie nur die Seefahrerkirche.

Dünkark war ein ursprünglich gebliebener Ort. Er
unterschied sich darin von **Dünheide**, mit dem
man ihn leicht verwechseln konnte. Schmucke res-
taurierte Friesenhäuser, verträumte enge Straßen
und Gassen, die an seine Vergangenheit als Fi-

scherdorf erinnerten. Auch die hier lebenden Leute waren bestrebt, in ihrem Tun und Lassen sich von einem bewahrenden Geist leiten zu lassen. Was manche Urlaubsgäste ihnen dadurch honorierten, dass sie Dünkark als Ferienort Dünheide vorzogen.

Beide Flecken lagen nur wenige Kilometer auseinander und wurden durch eine Landstraße verbunden. Dünheide war an der schmalsten Stelle des Eilands gelegen. Wo man von der **Hohen Düne** aus die Nordsee auf der einen und die Wattlandschaft auf der anderen Seite sehen konnte. Um dieses kleine, auf den ersten Blick unscheinbare Gemeinwesen rankten sich manche Geschichten von Reichen und Schönen. Die Prominenz schätzte Dünheide. Und freute sich, mit diesem Örtchen verbunden zu sein. Sie besaß hier Häuser, die den größten Teil des Dorfes ausmachten. Allerdings standen sie oft leer. Denn Zeit war Geld, und man entschied sich für das Letztere. Mit dem Resultat am Ersteren Mangel zu haben. Breslauer war nicht unempfänglich für die sogenannte Klatschpresse. Wenn er in einer Arztpraxis wartete, schlug er lieber diese Art der amüsanten Berichterstattung auf als die der Sachinformation. Was ihn dabei antrieb, war das menschliche Interesse an diesen Leuten, die oft noch bis ins hohe Alter unter Dampf standen. Der Pastor im Ruhestand fand, dass sie einen hohen Preis für ihr Leben als Prominente zahlen mussten.

Der Geistliche der Seefahrerkirche in Dünkark, zu dessen Gemeindebezirk auch Dünheide gehörte, konnte gut mit dieser Spezies umgehen. Oft hörte man nach der Beerdigung eines Stahlbarons, Schauspielers oder bekannten Buchautoren lobende Worte und Anerkennung über die menschliche Art und Weise, wie er die Trauerfeier gestaltet hatte. Desgleichen sagte man aber auch nach dem Begräbnis eines weniger im Rampenlicht stehenden Dorfbewohners.

So wurde Pastor Trollsen also, der schon über dreißig Jahre in der Kirchengemeinde Sankt Petrus seinen Dienst versah, von vielen über die Grenzen des Eilands hinaus gemocht und sogar verehrt. Aber, wie es bei Menschen nun mal war, auch nicht von allen. Denn es gab durchaus den einen oder anderen aus dem Kollegenkreis, der nach der zweiten oder dritten Ausstrahlung eines Fernsehinterviews mit diesem Pastor die Augenbrauen hochzog und etwas heftiger als bei anderen Sendungen das Gerät ausschaltete.

Doch Breslauer gehörte zu den Leuten, die diesen volkstümlichen „Dorfpastor", wie er sich selbst gern nannte, schätzten. In seinen letzten Dienstjahren hatte er manchen veröffentlichten Gebetstext und religiösen Gedanken Torge Trollsens in den eigenen Predigten einfließen lassen. Sicher nicht zum Schaden seiner Gemeinde.

Er war dem steilen, fast zugewachsenen Weg langsam gefolgt.

Da stand sie die alte Seefahrerkirche. Breslauer hatte sich ihr von der Ostseite, der heiligen Seite, genähert. Warf einen sachkundigen Blick auf die einzelnen, zu einer Kirche gehörenden baulichen Merkmale: die Apsis, den Chorraum, das Kirchenschiff und den burgartigen Turm, der schon vielen Stürmen standgehalten hatte. Das Gotteshaus lag auf einer Erhebung der Geest. Seine Kenntnis über die Vorgeschichte der Plätze, auf denen Kirchen errichtet wurden, ließ ihn erahnen, dass wohl auch hier schon vor diesem eindrucksvollen sakralen Bauwerk eine andere, vielleicht kleinere und einfachere Kirche gestanden haben mochte. Und vor der Christianisierung war sicher an dieser Stelle oder in der Nähe eine Kultstätte für eine der nordischen Gottheiten gewesen.

Breslauer fand an der Turmseite nur eine niedrige schmale Tür. Portal wäre für diesen bescheidenen Zugang nicht das richtige Wort. Er musste sich ducken und förmlich hindurchzwängen, um in das Innere des Gotteshauses zu gelangen. Es war fast so, als hätten die früheren Generationen gefürchtet, dass die alten Gottheiten noch missgünstig auf der Lauer lagen, um Rache an den vom ursprünglichen Glauben Abtrünnigen zu nehmen. Und doch wollte man wohl nur mit dem engen Eingang verhindern, dass zu viel Luftzug in das schlecht beheizbare Gebäude eindrang. Deshalb nahm auch gleich nach der Tür ein Vorraum den Eintretenden auf und hatte, modern ausgedrückt, eine Art

Schleusenfunktion vom Kalten zum Warmen und umgekehrt.

Dort war das Licht gedämpft. Es herrschte Stille. Hinter Glas an holzvertäfelten Wänden gab es Informationen. Breslauer nahm sie nur kurz zur Kenntnis. Er wollte sich den Kopf freihalten und das Herz weit werden lassen für diesen über Jahrhunderte geheiligten Ort. Der frühere Pastor wusste, dass da noch jemand außer ihm war. Man sah ihn nicht. Hörte ihn auch nicht. Aber der sensible Arno Breslauer spürte ihn dennoch. Er hatte in dieser alten Kirche seine Wohnung. Inmitten unzähliger Seelen, die über die Zeiten hinweg hier versammelt waren. In Freud und Leid. In Not und Tod. In Hoffnung und Zuversicht. Hier war die Kraft, die Leben schafft. „Ja", dachte Breslauer „Für mich ist sie jetzt hier. Ich kann still sein und dem Leben vertrauen. Aber sie ist ebenfalls überall da, wo man sich dieser Kraft öffnet. Ich kann es heute gerade hier, und das ist meine Chance."

Durch eine Glastür sah er in den Kirchraum hinein. Über ihm und links von ihm erhoben sich bemalte Emporen. Nicht weit vom Altar, stand die Kanzel. Davor ein uralter Taufstein. Die Flügel des Altars waren geöffnet. Breslauer durchschritt den Mittelgang auf einem dunkelroten Läufer. Die zahlreichen leeren Kirchenbänke mit den Namen der Kapitänsfamilien ließen ihn spüren, dass er nicht von hier war. Sondern so etwas wie ein Eindringling, der am Traditionsstrom dieses Eilands nicht auf natürlichem Wege Anteil hatte. Er war nur Gast.

Einige Tage hier und woanders zu Hause. Tat sich mit dem Begriff Heimat überhaupt schwerer als andere. Kannte das Fremdsein. Das nicht Vertraute und Unbekannte. Wo man Gefahr vermutete. Auf der Hut sein musste. Aber das hatten die Seeleute und Kapitäne auch gekannt. In den Gefahren bei Spitzbergen. In den gewaltigen und oft unberechenbar erscheinenden Naturgewalten des Meeres.

Ihm war, als müsste er einen Gottesdienst halten. Auch er durfte in seinem Beruf Menschen in Freud und Leid begegnen. ihre Nähe spüren und ihre Fragen aushalten. Das empfand er als großes Geschenk.

„Was hab ich schon erreicht?", dachte er. „Das war doch eine viel zu kurze Dienstzeit. Zwar durch meine Krankheit bedingt. Aber manche Pastoren haben oft bis ins hohe Alter hinein ihren Dienst getan. Manche sind sogar auf der Kanzel während der Predigt verstorben. Doch Gott kann auch all das vollenden, was du in deinem Leben nicht auf die Reihe bekommen hast", tröstete er sich. Aber eigentlich erhoffte er den Trost von dem Anderen, den er ganz in der Nähe spürte.

Breslauer stand länger betrachtend vor dem Triptychon. Die Darstellungen der zwölf Jünger auf den beiden äußeren Flügeln nahm er nur beiläufig zur Kenntnis. Ebenfalls die Marienfigur mit dem Jesuskind auf dem Arm. Länger und intensiver verweilte er bei Gott Vater, der seinen halbwüchsigen Sohn fast zärtlich an der Schulter berührte. Wie jemand, der um den schweren Weg seines Kindes wusste.

Daneben etwas abseits stand Petrus im Bischofsornat. Was lag näher, als einen ehemaligen Fischer zum Namenspatron dieser Kirche zu machen.

Auf dem Sockel des Altars folgte dann eine Abendmahlsszene. Die Jünger saßen an einer großen Tafel. Johannes, der Lieblingsjünger, hatte den Platz neben seinem Meister. Breslauer hatte gelesen, dass sich der Künstler und Schöpfer des Altars in der Johannesfigur selbst dargestellt hatte. Ein junger Mann mit schulterlangen dunklen Haaren. Sein Gesicht hatte feingeschnittene Züge. Als Ausdruck seiner Zuneigung lehnte er sich weit zu Jesus hinüber. Breslauer hatte den Eindruck, dass da jemand sich die Liebe des Herrn durch überbetonte Nähe aneignen wollte. Der Gesichtsausdruck des mittelalterlichen Künstlers in dieser Johannesgestalt blieb auffallend starr und maskenhaft. Die Züge des Judas auf der entgegengesetzten Seite der Abendmahlsrunde, der Jesus verraten würde, zeigten dagegen mehr Emotionen. „Wie viel von Johannes und Judas steckt doch in jedem Menschen. Heute noch Liebe, morgen vielleicht schon Verrat und Hass." Breslauer setzte sich in die erste Kirchenbank und ging seinen Gedanken nach.

Man konnte ein Teelicht aus einem Fach an der Wand entnehmen. Wurde allerdings durch ein

Schild gebeten, 50 Cent in eine Dose zu stecken. Der alte Mann, der einmal Pastor war, hatte das Bedürfnis, ein Licht für seine Angehörigen anzuzünden. Das tat er an einer Flamme, die jemand vor ihm zum Brennen gebracht hatte und sprach ein Gebet.

Dann ging er zum Ausgang. Er fühlte sich weit fort von allem, was die Menschen beschäftigte und in Anspruch nahm.

Der Friedhof

Um die Kirche herum lag der Friedhof. Ein begehrter letzter Ort für diejenigen, die es im Leben im doppelten Sinne geschafft hatten. Einmal in Bezug auf das Leben selbst, zum anderen auf Karriere und Erfolg.

Breslauer kannte von einigen, die hier ihre Grabstätte hatten, die Lebensgeschichten. Wie sie sich, mehr oder weniger geschönt, in den zu lesenden Biografien niederschlugen. Er war ein begeisterter Leser von Lebensbeschreibungen. Doch nicht in allen erfuhr er wirklich etwas Wesentliches von diesen Leuten. Von ihren inneren Beweggründen, tieferen Freuden und verzweifelten Kämpfen wurde kaum berichtet. Auch wenig von Änderungen ihrer Einstellungen und prägenden Reifungsprozessen. Das war wohl zu privat für die Öffentlichkeit. Breslauers Interesse an diesen Leuten aber nährte sich gerade aus solchen Quellen. In den gern verborgen gehaltenen Bereichen zeigte sich für ihn die Quintessenz eines Lebens. Da saß das Zentrum der Antriebskräfte einer Persönlichkeit. Wenn das in einer Biografie vermittelt wurde, dann hatte sie für Breslauer wert und große Chance auch im eigenen Leben hilfreich zu werden. Dagegen wurde in dieser Gattung gern von Begegnungen mit anderen Prominenten erzählt, von denen fast jeder Leser mal gehört hatte. Personen, die seit Jahrzehnten zur High Society gehörten und an die wohl keiner vorbeikam, wenn er sich zum Pantheon der Berühmtheiten aufgemacht hatte.

Trotz dieser kritischen Betrachtung ging Breslauer gern durch die Reihen der berühmten Verstorbenen. In der Hoffnung, dass sie nun wirklich nach einem hektischen Leben Ruhe gefunden hatten. Die Ruhe, die ihnen schon zu Lebzeiten gutgetan hätte.

Er begann seinen Rundgang an der Nordseite der Kirche. Zuerst wurde man an den alten Kapitänsgräbern mit ihren wuchtigen Grab- und Gedenksteinen vorbeigeführt. Denn die Körper einiger dieser Leute, die hier auf dem Eiland wie Helden verehrt wurden, waren auf See geblieben und dort fern der Heimat in die Ewigkeit eingegangen. Hier hatte man dann nur einen Erinnerungsstein aufstellen können, der aber ebenso ehrfurchtsvoll behandelt wurde, wie einer der anderen Grabsteine.

Ab und zu blieb Breslauer vor einem der Gräber stehen. Las Namen, Daten und Sprüche. Staunte über die Vielfalt der Symbolik, die vom Kreuz über Segelschiffe und schwer lesbare Namenszüge von Künstlern bis zur Rune reichte und Persönlichkeit, Hobbys und Standpunkte der Verstorbenen zum Ausdruck bringen sollte. Wie auf allen Friedhöfen, liebte man auch hier das Dokumentieren der Gesinnung. Neigte man in früheren Epochen in wohlhabenden Kreisen der Gesellschaft zu monumentalen kapellenartigen Grabmälern, so gab man sich heute moderater. Die meisten Grabsteine fielen eher bescheiden aus. Breslauer wusste nicht, ob das nun Understatement war oder einfach nur Zweifel an der Wirkung der eigenen Persönlichkeit, nachdem man gestorben war. Der Glaube an die Kraft des Nachruhms hatte entweder ganz nachgelassen oder war auf die Firma und das weiterbestehende Lebenswerk des Verstorbenen übergegangen.

Breslauer vergaß auch nicht, auf den Blumenschmuck zu achten. Dabei musste er viele Eisbegonien und Bodendecker sehen, die seiner Meinung nach Zeugnisse einer phantasielosen Dauerauftragskultur waren.Winterabdeckungen schenkte man sich fast ganz. Das hatte wohl etwas mit der fortschreitenden Erwärmung des Klimas zu tun, die auch auf dem Eiland ihre Auswirkungen zeigte.

Der Besucher ruhte sich auf einer der Bänke aus.

Da waren ihre Körper nun geblieben. Verleger, Literaten, Kapitäne, Schauspieler und Fernsehleute. Auch Komponisten, Kabarettisten und Philosophen lagen in diesem geschichtsträchtigen Boden und verliehen ihm Würde. Manche hatten von den wenigen Gräbern mit freiem Blick auf das Wattenmeer rechtzeitig eines erworben. Damit sie sich noch zu Lebzeiten darauf freuen konnten, dass sie eines Tages lange Zeit auf diese weite Wasserfläche blicken würden, wie von einem teuren Platz im Theater auf ein ewiges Schauspiel. Kurios, in einer an Tragik grenzenden Weise, fand es Breslauer, dass gerade ihr Blick in die Weite durch eine stark gewachsene Efeuhecke nicht mehr möglich war. „Na, die Toten werden sich davon wohl nicht abschrecken lassen", schmunzelte er. „Sie sind von solchen profanen Dingen, wie freie Sicht, glücklicherweise nicht mehr abhängig."

Breslauer seufzte und schaute zum Himmel, der sich nun ganz bewölkt hatte. Dämmerung zog herauf. Die Tage waren schon merklich kurz. Bald war ja auch Advent. Es bedeutete, dass seine Reise sich dem Ende näherte. Wenn er hier Urlaub machte, dann waren es schon seit Jahren die beiden letzten Novemberwochen. Zum ersten Advent wollte er wieder zu Hause sein. Dann begann die Vorbereitungszeit auf das Weihnachtsfest. Man traf sich mit Freunden, und Johanna war mehr in der Küche als anderswo. Je näher die Festtage kamen, schien sich die Zeit zu beschleunigen. Der bald Heimkehrende wollte sich auf keinen Fall aus der Ruhe bringen lassen. Aber das hatte er sich schon oft vorgenommen, und doch wurde es immer wieder ein Hürdenlauf bis zum Fest.
Vielleicht war das der Grund für sein Seufzen, als er sich von der Friedhofsbank erhob.

Das Pastorengespräch

Die nachdenkliche Stunde auf dem Friedhof hatte ihm gutgetan. Jetzt musste er sich noch ein wenig von der Seele reden. Dazu hatte er in seiner selbstgewählten Einsamkeit bisher keine Gelegenheit gefunden.

Breslauer dachte als Gesprächspartner an den Pastor der Seefahrerkirche, den er zwar nicht persönlich, aber von einigen Veröffentlichungen her, kannte. Außerdem hatte Torge Trollsen vor Kurzem in verschiedenen Werbeblättern der Insel auf die Weihnachtsmärkte und Basare hingewiesen und an die Spendenbereitschaft der Bürgerinnen und Bürger appelliert. Die selbstbewusste Art, mit der er das tat, hatte Breslauer imponiert. Vielleicht gerade, weil er selbst während seiner aktiven Amtszeit in dieser Hinsicht zurückhaltender gewesen war.

Das Pastorat, ein reetgedecktes Friesenhaus, war nach alter Weise von Westen nach Osten gebaut, um den Stürmen besser standzuhalten. Neben dem Parkplatz für die Gottesdienst- und Friedhofsbesucher führte ein Sandweg zum Hauseingang. Am Mauerwerk war ein unpassender moderner Schaukasten für Mitteilungen aus dem Gemeindeleben angebracht. An der Fensterscheibe neben der Haustür klebte von innen ein auffälliges Plakat, das Breslauer ein wenig schmunzeln ließ:

Sprechstunde des Pastors jederzeit!
(Doch, es könnte auch mal sein, dass
er woanders ist. Dann bitte warten oder
wiederkommen.)

Auf dem Namensschild stand: **Torge Trollsen, Pastor**.
Breslauer hatte den Klingelknopf gedrückt und hörte einen durchdringenden Summton. Etwas länger als gewöhnlich, wie ihm schien. Kurz darauf schwere selbstbewusste Schritte. Torge Trollsen öffnete mit einem Ruck.
Der Pastor trug ein bräunliches Jackett über ein lilafarbenes Hemd. Das angegraute Haar war zum Zopf gebunden, was Breslauer kurz irritierte, weil er es auf den Zeitungsfotos von Trollsen nicht wahrgenommen hatte. Der noch rötlich schimmernde Backenbart rahmte ein ausdrucksvolles Gesicht ein. Unter buschigen Brauen blickten wache Augen den Besucher an. Der Geistliche war untersetzt und kräftig. Trotz seines nordischen Namens hatte er etwas Bajuwarisches. „Dieser Mann ist belastbar", dachte Breslauer. „Den wirft so schnell nichts um" und seine eigene fragile Gesundheit wurde ihm wieder schmerzlich bewusst.
Der Hausherr blickte fragend, aber nicht unfreundlich auf den unbekannten Besucher. „Wahrscheinlich musste er wegen mir eine wichtige Be-

schäftigung unterbrechen", dachte Breslauer und begann:

„Entschuldigen Sie, Herr Pastor, dass ich bei Ihnen einfach so reinplatze. Aber Ihr Schild am Fenster hat mich dazu ermutigt. Dass man als Pastor jederzeit zu sprechen ist, das kenne ich auch von früher. Ich konnte das nur immer schwer einhalten, weil ich viel in der Gemeinde unterwegs war. Ach, ich habe mich noch gar nicht vorgestellt. Ich heiße Breslauer, Arno Breslauer, und war mal Pastor in einer Kirchengemeinde am Rande der Großstadt."

Der Amtsbruder, der nach Breslauers Einschätzung so um die Sechzig sein musste, trat ein paar Schritte zurück und machte eine etwas theatralisch wirkende einladende Geste. „Kommen Sie doch näher, treten Sie ein, Herr Kollege. In meinem Amtszimmer ist es gemütlicher als hier zwischen Tür und Angel."

Der Gast betrat das Pastorat. Ein längerer freundlicher Flur von dem einige Türen abgingen. An den Wänden hingen zahlreiche Fotos mit Motiven aus der Gegend. Bilder vom Meer, von Wolken und Stränden, Leuchttürmen und Gebäuden, die eine Bedeutung für die Region hatten oder einmal gehabt hatten. Auch die Kirche Sankt Petrus machte, aus verschiedenen Perspektiven fotografiert, immer mal wieder auf sich aufmerksam. Trollsen deutete auf die Bildergalerie. „Nicht, dass Sie denken, ich übertreibe meine Heimatverehrung. Das hier ist eine Fotoausstellung. Wir haben im Ort einen sehr aktiven Fotografen, der mich gefragt hat, ob ich bereit sei, seine besten Fotos einer breiteren Öffentlichkeit zugänglich zu machen. Da konnte ich nicht nein sagen. Aber lassen Sie uns da durch die Tür gehen, dann sind wir schon in meinem Amtszimmer.

Ich wollte mir, als Sie kamen, gerade Kaffee kochen. Trinken Sie einen Becher mit? Oder lieber Tee? Wobei ich Ihnen gestehe, dass ich mehr für Kaffee bin. Auch wenn es auf dem Eiland in letzter Zeit an jeder Ecke einen neuen Teeladen gibt. Also, wofür entscheiden Sie sich? Kekse gibt es dazu."

„Ich bin ebenfalls für Kaffee", sagte Breslauer und dachte: „Wenn ich nun Teetrinker gewesen wäre, hätte ich dann den Mut besessen, das hier zu sagen?"

Trollsen forderte seinen Amtsbruder auf, schon mal an einem zierlichen Glastischchen Platz zu nehmen und entschuldigte sich für ein paar Minuten, um die „kleine Stärkung" zu holen.

Breslauer ließ den Raum auf sich wirken. Der war eher klein. Regale angefüllt mit Fachbüchern, von denen er die meisten kannte. „Es gibt eben in jedem Studienfach eine gewisse Standardliteratur, die über Jahrzehnte wichtig bleibt", stellte er fest und erinnerte sich an seine eigene, lange zurückliegende Studentenzeit. Pastor Trollsen besaß aber auch Bücherschränke, in denen hinter Glas klassische und zeitgenössische Literatur stand.

Vieles, was man heutzutage gelesen haben sollte, um mitreden zu können.

Der Schreibtisch bestand nur aus einer Holzplatte mit zwei stabilen Stützen.

Der Pastor der Seefahrerkirche schien auch gern so zu sitzen, dass er das Fenster hinter sich hatte. Das gab mehr Licht. Manches erinnerte Breslauer in diesem Amtszimmer an seine eigene lange zurückliegende Vergangenheit.

Das Fenster gab den Blick frei auf einen Teil des Weges. Man konnte den Parkplatz sehen. Dort stand ein Kleintransporter einer Handwerkerfirma. „Irgendwas ist bei Kirchens immer kaputt", dachte Breslauer und war froh, dass er für so was nicht mehr zuständig war. Man sah die Straße, die Galerie knorriger Bäume; dahinter Friedhof und Kirche im schon dämmerigen Licht des Nachmittags.

Trollsen war wieder eingetreten. Er stellte zwei bis zum Rand gefüllte Becher auf den Tisch. Milch und Zucker daneben. Und eine Silberschale mit Gebäck.

„Na, haben Sie sich ein bisschen umgesehen? Ja, das ist das Pastorat. Es stammt von 1808 und wurde häufiger restauriert. Baumaßnahmen sind ja auch ein Dauerbrenner bei der Kirche. Alter kostet eben Geld. Das ist ja nicht nur bei Gebäuden so", sagte der Seefahrerpastor und verzog das Gesicht zu einem Grinsen. „Aber ich will Ihnen hier keinen Vortrag über die Probleme alter Gebäude, Kirchen und Menschen halten. Sicher wissen Sie das alles selbst zur Genüge." Breslauer nickte beipflichtend. Er wartete bis sein Gastgeber den ersten Schluck getrunken hatte und auf die Friesenkekse verwiesen.

Dann begann er zu erzählen:
Von seinem Werdegang. Von der schwierigen Kindheit und Jugend auf dem Binnenschiff. Seinem ungewöhnlichen Bildungsweg. Seiner letzten Kirchengemeinde. Von den beruflichen Jahren vor seiner Erkrankung. Der Freude an seiner Arbeit und den Begegnungen mit Menschen in seiner Gemeinde.

Der Gastgeber hörte aufmerksam zu. Mitunter ermunterte er den Erzählenden mit „Ja", „Hm" oder „Ach". Seine Körperhaltung blieb zugewandt und konzentriert.
Breslauer sprach weiter:
Von den ersten Anzeichen seiner Erkrankung. Von der Unzufriedenheit, Beruf und Familie nicht mehr gerecht werden zu können. Damals wusste er nicht, dass das etwas mit seinen schwindenden Kräften zu tun hatte. Plötzlich war der Krebs offensichtlich. Eine größere Operation folgte. Wochen im Krankenhaus. Komplizierter Verlauf. Zusätzlich belastete ihn seine längere Abwesenheit in der Kirchengemeinde. Geplante Veranstaltungen musste er ausfallen lassen. Amtshandlungen übernahmen die Kollegen.

Die waren über die zusätzlichen Belastungen nicht erfreut. Außerdem merkte er, dass über wenige berufliche Berührungspunkte hinaus, kaum persönliche Bande gewachsen waren. Das hatte ihn damals erschreckt. Er hatte wieder die Einsamkeit gespürt, die er glaubte, hinter sich gelassen zu haben.

Breslauers Gegenüber schien weiterhin aufmerksam zuzuhören. „Ob er wohl mal ähnliche Erfahrungen mit Kollegen gemacht hatte?", ging es dem Erzählenden durch den Kopf.

Trollsen: „Das war wohl ziemlich enttäuschend, als Sie merkten, dass das Interesse an Ihnen persönlich bei den Kollegen nicht groß war?"

(Breslauer merkte, dass Trollsen ihn unterbrochen hatte, weil er hier eine besonders empfindliche Stelle bei ihm vermutete.)

Breslauer (zögernd): „Ja. Ich habe mir mehr persönliche Anteilnahme an meinem Schicksal – besonders an meiner Erkrankung - gewünscht.
Doch das habe ich nicht bekommen. Es war wohl zu viel verlangt. Das waren ja bloß Arbeitskollegen, die mich gar nicht kannten. Ich merke aber durch unser Gespräch, dass sich etwas wie ein roter Faden durch mein Leben zieht. Nämlich: dass ich nie das bekam, was ich mir gewünscht habe."

Trollsen: „Wollten Sie denn nicht Pastor werden?"

Breslauer (spontan): „Doch, natürlich. Nichts habe ich mir mehr gewünscht. Ich habe ja dafür einen langen Ausbildungsweg auf mich genommen. Obwohl ich keine Gewissheit hatte, dass ich es überhaupt schaffen würde. Ich war durch meine Vorgeschichte gewohnt, dass es an Land erstmal alles schwierig war."

Trollsen: „Sie haben es ja wohl geschafft. Und damit ist einer ihrer wichtigsten Wünsche in Erfüllung gegangen.
Jetzt sitzen Sie hier als älterer Mann, der auf sein Leben zurückblickt. Und sagen trotzdem, dass Sie nie das bekommen haben, was Sie sich gewünscht haben. Ist das nicht ein Widerspruch?"

Breslauer: „Das, was ich im Leben erreicht habe, war nie ganz so, wie ich es mir vorgestellt hatte. Nicht so befreiend und erlösend. Es blieb Enttäuschung zurück."

Trollsen (bedächtig, aber etwas verschmitzt): „Das, was Sie im Leben erreicht haben – unter anderem auch Ihr Herzenswunsch, Pastor zu werden - ließ einiges zu wünschen übrig."

Breslauer (sich kritisiert fühlend): „Ich sehnte mich weiterhin nach Erfüllung. Mein Durst danach wurde auch durch den Pastorenberuf nicht gestillt. Aber mir kommt es auch bei diesem Gespräch so vor, als dürfte ich das nicht denken.

Damals bei meiner Verabschiedung fühlte ich mich erleichtert, dass ich aufhören konnte. Ich glaubte, dass ich den Ansprüchen meines Berufes nach meiner Erkrankung nicht mehr gerecht werden würde. Heute weiß ich gar nicht, ob es wirklich die Ansprüche von außen waren oder vielleicht nur meine eigenen."

Trollsen (sehr direkt): „Was haben Sie sich eigentlich für das eigene Leben gewünscht, wenn Sie im Alter auf alles zurückblicken? Was bedeutet es für Sie, wenn Sie von Erfüllung sprechen?"

Breslauer (länger zögernd): „Wohl, dass ich geliebt und geschätzt werde. Und das wirklich glauben und spüren kann.
Schon, wenn ich das ausspreche, schäme ich mich, weil ich denke, so was darf man nicht sagen.
Ich kenne Menschen, die sich das Umfeld selber geschaffen haben, in dem sie ihrer Art gemäß leben können und auch geliebt werden. So, wie die Vögel sich **ihr** Nest bauen. Ich bin solchen Leuten begegnet. Sie eigneten sich das Wissen zum Glücklichsein an, zu **ihrem eigenen** Glücklichsein.
Da ist zum Beispiel ein früherer Bekannter von mir, Professor Tabeus Sibyll-Avenaria. Kennen Sie den vielleicht, Bruder Trollsen?"

(Breslauer wunderte sich über sich selbst, dass er auf einmal durch das „Bruder" die Verbundenheit im Amt herstellen wollte. Suchte er auch hier nach

Solidarität und Nähe? Doch Pastor Trollsen blieb sachlich im Gesprächsgeschehen und in seiner seelsorgerlichen Rolle.)

Trollsen: „Ich kenne diesen Menschen nicht gut genug, um mir ein Urteil anzumaßen. Er hält immer mal wieder Vorträge über die unterschiedlichsten Themen in der Bildungsstätte dort in den Dünen. Wie man hört, geht es ihm um Lebensbewältigung durch seltsame Methoden und Techniken. Soweit ich weiß, soll das alles ziemlich schwammig und uneindeutig sein. Trotzdem hat er wohl Zulauf. Es sind Leute, die, wie Sie, unzufrieden mit ihrem Leben sind. Die mögen diese Art von übergreifender Jenseitskompetenz. Der Nährboden dafür ist heutzutage groß."

Breslauer: „Dieser Lebenskünstler hat immer alles gekonnt und erreicht. Ich glaube, dass ich neidisch auf seinen Erfolg und sein Glück bin."

Trollsen: „Vielleicht ist Glücklichsein und Erfüllung kein einmal erreichter Zustand, sondern eher ein kurzes, mehr aufflackerndes Einzelereignis. Was sich immer mal wieder einstellen kann, wenn man in seinem Leben aufmerksam genug ist. Ich glaube, dass der sichtbare und messbare Erfolg nicht unbedingt zum erfüllten Leben gehören muss."

Breslauer (akzeptierend, aber nicht ganz zufrieden): „Schwierig. Aber wohl wahr."

(Er trank den schon abgekühlten letzten Schluck Kaffee. Dann erhob er sich schwerfällig aus dem Korbsessel.)

„Vielleicht haben Sie recht, Herr Trollsen. Eigentlich kann ich es auch gar nicht glauben, dass man immerfort glücklich sein kann. Das wäre ja ein paradiesischer Zustand.
Am glücklichsten war ich, als ich verliebt war. Doch das waren auch nur wenige kurze Momente, die ihre Ausstrahlungskraft aber lange behalten haben. Aber eben als Sehnsuchtsmomente, weil das vollkommene Glücksgefühl schnell wieder vergangen war. Nur etwas immer mal wieder Aufleuchtendes, blieb davon nach. Wie das Leuchtfeuer eines entfernten Hafens, den man vielleicht in seinem Leben nie mehr erreichen wird, dessen Licht aber die Fahrt durch die raue See erst möglich macht."

Trollsen (abschließend): „Lieber Amtsbruder, haben Sie mehr Vertrauen, den Leuchtturm beim Namen zu nennen. Es ist Jesus Christus. Er ist die Gestalt gewordene Liebe. Und er ist mit Ihnen und mit mir, auf unser beider Wege – oder auch Fahrten - durch das Leben."

Der Seefahrerpastor erhob sich ebenfalls. Er begleitete Breslauer zur Tür.
Die älteren Herren drückten sich die Hände. „Möge die Liebe mit Ihnen sein", sagte der eine. „Das

wünsche ich Ihnen auch", sagte der andere. „Gott befohlen", murmelte Breslauer leise und war erstaunt, dass gerade **er** das gesagt hatte – oder hatte er es nur gedacht?
Dann schloss sich die Tür.

Abreise

Schon vormittags begann das Hämmern. Vor fast jedem Lokal in der Kaiserstraße entstanden Holzhütten für Punsch und Glühwein. Lichterketten außen und Tannengrün auf den Dächern dieser Bauwerke, die an größere Weihnachtskrippen erinnerten, sorgten für die notwendige Stimmung. Vor Geschäften sah man Angestellte Tannenbäume mit Lametta und glitzernden Kugeln schmücken. Seit ein paar Tagen hingen sogar an den Laternenpfählen Weihnachtssterne. Nur an der Seepromenade ging man sparsamer mit dem festlichen Dekorieren um, weil den Winterstürmen nicht zu trauen war.

Einen Tag vor Breslauers Abreise von „seinem" Eiland hatte also, wie mit einem Schlag die vorweihnachtliche Geschäftigkeit begonnen. Die Glühwein- und Punschverkäufe hatten allerdings schon vorher zugenommen. Und öfter als sonst begegnete man in der Fußgängerzone Gestalten, denen man anmerkte, dass ihre auffällige Fröhlichkeit keinen natürlichen Ursprung hatte.
Breslauer dachte wieder mal an Apollon. Er hatte gelesen, dass der antike Gott sein Heiligtum in Delphi jeden Winter schlagartig verließ, wenn Bacchus, der Gott des Weines und der Trunkenheit, dort mit seiner Clique auftauchte. Dann floh er Hals über Kopf, wenn man das von Göttern so sagen darf, mit seinem, von zwei weißen Schwänen gezogenen Sonnenwagen in das hinterste En-

de der Welt. Dorthin, wo die Nordwinde ihren Ursprung hatten. Breslauer konnte das gut verstehen. Denn die Gemeinschaft mit Anhängerinnen und Anhängern des exzessiven Weingottes konnte schon nervig und belastend sein. Das wusste er noch aus eigener Erfahrung, als Vater und Mutter zu viel getrunken hatten, und der kleine Breslauer kein vernünftiges Wort mehr mit seinen Eltern sprechen konnte.

Der Abreisende freute sich, wenn er in den Schaufenstern Santa Claus mit seinem Schlitten sah, der von zwei Hirschen gezogen wurde. „Apollon mit seinen Schwänen, der Weihnachtsmann mit seinen Hirschen. Wie sich die Bilder gleichen", dachte Breslauer. „Es gibt eben Zeiten, da muss man die Flucht ergreifen. Aber der Weihnachtsmann, der wird noch gebraucht." Er musste schmunzeln, weil ihm seine Enkel einfielen, die diesen Gesellen und vor allem die Geschenke sehnlich erwarteten.

Am späten Vormittag fuhr sein Zug. Der würde ihn in wenigen Stunden nach Hause bringen. Gestern schon hatte er gepackt. Ebenfalls die kleinen Mitbringsel für die engsten Lieben gekauft. Seine Frau Johanna wollte meistens nichts haben, wenn er vorher per SMS anfragte. Trotzdem brachte er ihr etwas mit: Eine Dose, eine wunderschöne Dose - modernes Design - angefüllt mit Marzipanherzen. Sie sollte ruhig wissen, was sie ihm bedeutete. Freddy und Marie bekamen jeweils ein T-Shirt mit Seehund- und Leuchtturmmotiven. Immerhin war ihr Opa ja an der See gewesen. Das müsste sich ja auch irgendwie in den Kleinigkeiten niederschlagen, die man mitbrachte. „Die Marzipanherzen für Johanna haben ja auch nicht viel mit dem Meer zu tun", meldeten seine negativen Gedanken. Doch da fiel ihm die eierförmige blaue Dose ein. Sie trug ein unscheinbares Möwenbildchen unter dem kaum lesbar die Worte standen: „Kleine Möwe, flieg nach Helgoland. Bring dem Mädchen, das ich liebe, einen Gruß." Also war er beruhigt und fand, dass diese kleinen Dinge als Mitbringsel gelungen waren. Auch die beiden T-Shirts für die Enkel. Sie hatten gerade die Phase, dass jeder immer das Gleiche wie der andere geschenkt haben wollte. Andernfalls war Streit vorprogrammiert. Das war an größeren Festen wie Weihnachten für die Schenkenden, die gern individuell etwas für jedes Kind ausgesucht hatten, ziemlich frustrierend. Aber aus Erfahrung war man klug geworden – eben auch Opa Breslauer.

Der Weg zum Bahnhof war kurz. Trauer über das Ende der Urlaubstage ließ Breslauer gar nicht erst aufkommen. „Man muss eben wieder los. Das ist die selbstverständlichste Sache der Welt. Also, was soll's?", sagte er sich. Er kannte sein unsentimentales Verhalten bei Abreisen. Das waren noch Rudimente aus seiner Kindheit. Sein Vater, der Binnenschiffer, hatte dem Jungen vor dem Ablegen häufig gesagt: „Wir müssen losfahren. Damit verdienen wir unser Brot. Ein Frachtkahn darf nicht lange liegen. Der Schornstein muss rauchen." Meistens hatte der kleine Breslauer dann nur geschluckt. An die paar Freunde gedacht, die er auf dem Spielplatz am Spreeufer kennengelernt hatte. Die würden sich sicher wundern, wenn er nicht mehr käme. Aber dann biss er die Zähne zusammen und fügte sich. Er sah durch das Bullauge die Häuser, Bäume und Menschen am Ufer, wie auf einer Kinoleinwand sich wegbewegen. Manche schauten auf den Fluss. Aus ihrer Perspektive nahm das Schiff mit dem Kind, das sie nicht sehen konnten, schnellere Fahrt auf und war bald hinter der nächsten Biegung verschwunden.

Johanna freute sich, als er aus der S-Bahn stieg. Sie hatte ihm zwar jeden Morgen eine gesprochene Botschaft auf sein Smartphone gesendet. Sich dabei aber bemüht, ihn nicht mit Problemen, Sorgen und Nöten aus ihrem Alltag zu belasten. Jetzt umarmte man sich auf dem Bahnsteig.
Schon im Auto begann er ausführlich zu erzählen. Es sprudelte förmlich aus ihm heraus, welche Restaurants und Läden nicht mehr da waren und welche neu eröffnet hatten. Wo er mit dem Essen zufrieden war und wo nicht. Und so weiter, und so weiter...Er wollte aber auch an ihrem Leben teilhaben, deshalb hätte er gern sofort erfahren, was sie in seiner Abwesenheit bewegt und beschäftigt hatte. Aber während der Autofahrt wollte er danach nicht fragen. Sie würde es schon noch zu Hause erzählen. Breslauer wusste, dass man sich

bei Johanna gedulden musste, bis der geeignete Zeitpunkt dafür gekommen war. Bei ihm dagegen war sein ganzes Erzählpulver schon verschossen, bevor sie überhaupt erst richtig angekommen waren. Er konnte eben nicht so gut wie seine Frau das Mitteilen planen und dosieren.

Beim Kaffee kam allmählich der Zeitpunkt, wo er innerlich bereit war, sich mit der eingegangenen Post zu beschäftigen. Arztrechnungen, Bitten um Spenden, Fachzeitschriften und speziell auf den Pastorenberuf zugeschnittene Werbung. Vom Letzteren knüllte er viel zusammen, um es später in einem Karton für Altpapier zu entsorgen. Es hatte ja für ihn als Ruheständler keine Bedeutung mehr. Erleichtert sah er auf die wenigen Schreiben, die auf dem Schreibtisch zurückgeblieben waren.

In den letzten Jahren feierte er den ersten Advent häufiger allein mit seiner Frau. Früher hatte er diesen Sonntag im größeren Familienkreis oder mit Freunden verbracht. Es war damals die Zeit, wo Breslauer, wenn er an diesem Tag nicht predigen musste, sich vorgenommen hatte, mehr auf seine erste Frau und ihren Wunsch nach Freundschaften zu anderen Leuten als aus der Gemeinde einzugehen. Doch es war gar nicht so einfach für den eingespannten Geistlichen, private Kontakte aufrechtzuerhalten.

Das alles lag lange zurück. Die Freunde lebten vielfach nicht mehr oder waren alt und schwerfällig geworden. Breslauer brauchte nun nicht mehr gegen seinen Impuls nach Ruhe und Frieden anzukämpfen.

So vergingen die vorweihnachtlichen Tage. Johanna backte Weihnachtskekse oder traf sich dazu bei Freundinnen und Freunden. Oft hatte sie noch dieses und jenes für das Fest zu besorgen, was sie am besten allein bewerkstelligte.

Breslauer dagegen vertiefte sich in die Lektüre der alten Griechen und Römer, die er für die Universität noch lesen musste. Hatte er doch durch seinen Urlaub ein paar Wochen beim Seniorenstudium, das ihn normalerweise ziemlich in Anspruch nahm, gefehlt. Nun musste er den Lernstoff nachholen. Für das neue Jahr hatte er sich vorgenommen, wieder eisern an den Vorlesungen teilzunehmen. Wenn er damit nicht beschäftigt war, erledigte er Gänge zu diversen Ärzten, die immer mal wieder fällig waren.

So führte dieser Ruheständler ein Seniorenleben wie zahlreiche ältere Menschen: Grob organisiert, aber flexibel genug, um das eine oder andere bei neuen Interessen zu ergänzen, oder wenn die Kräfte nicht mehr ausreichten, auch mal ausfallen zu lassen.

Breslauers Frau hatte die Angewohnheit, bei ihren Einkäufen stets einige interessierte Blicke auf die

Überschriften der Boulevardzeitungen zu werfen. Wenn sie nach Hause kam, musste sich ihr Mann erst einmal die wichtigsten Themen, die die Menschheit an diesem Tag bewegten, ausführlich anhören.

Wobei Breslauer sich herausgefordert sah, zu einigen Themenkreisen noch irgendwas an Reaktionen beizusteuern. Etwa: „Wer ist eigentlich XY? Ach die. Ja, das war doch klar, dass bei der die Ehe nicht mehr stimmt."

Oder: „Was, der Schauspieler XYZ ist auch schon gestorben? Hatte der nicht noch letztes Jahr einen Preis bekommen? Für welchen Film war das nochmal?"

Sie überhörte seine Frage. Dann sagte er meistens ins Blaue hinein, in der Hoffnung, dass er damit schon richtig lag: „Das tut mir aber leid, dass der nicht mehr lebt. Seine Filme laufen doch noch ständig im Fernsehen."

Eines Tages - er war schon wieder total im häuslichen Alltag integriert - brachte Johanna eine bekannte, von vielen wegen der Bilder gern gelesene Tageszeitung mit. Das war vollkommen gegen ihre Prinzipien. Sie behauptete sonst gern im Brustton der Überzeugung für sowas keinen Cent auszugeben. Er hatte sie häufig mit ihrer Inkonsequenz aufgezogen: „Na, du interessierst dich ja wohl doch für diesen Tratsch, sonst würdest du nicht die Überschriften dieser Blätter förmlich studieren. Kauf dir doch endlich mal solche Zeitung und tu nicht immer so, als müsste man sich dafür schämen."

Heute nun hatte sie also eine Ausnahme gemacht. Das musste einen besonderen Grund haben. Als er sie gerade für diesen Sieg ihrer inneren Wahrheit über den äußeren Schein loben wollte, legte sie das Blatt demonstrativ auf den Tisch. Gerade so, dass er den Aufmacher lesen musste. „Das wird dich bestimmt interessieren", fügte sie hinzu.

Berühmter Guru bei Weihnachts-Workshop spurlos verschwunden!

Professor Tabeus Sibyll-Avenaria war mit einer Gruppe von Verehrern und Fans zu einem vorweihnachtlichen Workshop auf der Nordseeinsel Eiland in der dortigen Bildungsstätte Sandkuhle zusammengekommen. Es sollte eine Einübung zur Sorglosigkeit in einer besonders stressbesetzten Zeit werden.

Leider klang die Veranstaltung anders aus als erwartet.

Der Meister war am Dienstagabend plötzlich verschwunden. Völlig überraschend waren die 20 Teilnehmenden sich selbst überlassen. Einige hatten erst gedacht, Sibyll-Avenaria hätte sein Verschwinden inszeniert, um die Gruppe zu testen, wie sie damit umgehen würde.

Nachdem der Meister über 24 Stunden nicht mehr in Erscheinung trat, war es mit der Gelassenheit vorbei.

Man machte sich große Sorgen um den Gelehrten. Besonders, weil er seine persönlichen Sachen nicht mitgenommen hatte.

Die Polizei und Küstenwache suchten bis in die Nacht den Strand zu Fuß und per Hubschrauber ab. Ohne allerdings auf eine Spur oder ein Lebenszeichen des Vermissten zu stoßen.

Man ist nicht mehr optimistisch, den Professor noch lebend zu finden. Denn in den letzten Tagen und Nächten herrschte kräftiger Ostwind. Die Strömung ins offene Meer fiel dadurch extrem stark aus.

Einige der Teilnehmenden gaben an, dass der Professor ihnen schon zu Beginn der Veranstaltung eigenartig fremd und in sich gekehrt vorgekommen war. So, als würde ihn etwas belasten. „Er war einfach anders als sonst", berichtete eine Teilnehmerin. „So, als wäre er nicht mehr er selbst gewesen."

Dazu, ob ein Verbrechen oder ein Suizid vorliegt, nahm die Polizei nicht Stellung. „Auszuschließen ist gar nichts", meinte der Einsatzleiter. „Im Moment kann man nur sagen, dass ein bekannter Gelehrter auf unerklärliche Weise verschwunden ist."

Breslauer fühlte sich, als hätte es dem Verfasser von „Erkenne dich selbst" nicht anders geschehen können. Brachen die Götter und Heiligen nicht auch manchmal einfach auf und wurden in eine andere Sphäre oder Welt versetzt? Zurückblieben Erinnerungen an ihre Taten und Wunder, und wenn es hoch kam, ein heiliges Buch.

Der Ruheständler fühlte sich von neuen Kräften beseelt. Voller Elan und Ideen. Er schrieb das noch seinem Urlaub zu. Auch Johanna schloss sich seinem Eindruck an. „Der Urlaub hat dir ja wohl doch gutgetan", waren ihre Worte, und das wollte schon was heißen. Er nahm seine Frau in den Arm und küsste sie. „Du", sagte er. „Es ist gut, dass ich bei dir meinen eigenen Kopf haben darf." „Du lässt mir ja auch den meinen", sagte sie lachend und umarmte ihn ebenfalls. Diesmal war es fast so wie vor dreißig Jahren.